검은 돌 숨비소리

서문

봄이 일흔 번째 다녀갑니다.
그동안 4·3의 진실은 더욱 선연해졌으나
여전히 완결 짓지 못한 이야기로 남아 있습니다.

잊지 않는다는 것,
기억한다는 것만이 4·3의 전부가 아닐 것입니다.
4·3의 역사가 우리에게 요구하는 것,
그 성찰의 시간이 바로 지금입니다.

4·3 영령들을 위무하고
진혼의 술잔을 따라 올리는 마음으로
방방곡곡의 시편을 모았습니다.

제주 4·3항쟁 70주기를 맞는 이 봄날
붉은 꽃을 따라간 푸른 잎들도 돌아와
아문 상처 위로, 새살이 돋아야 할 때입니다.

제주작가회의

차례

강덕환

4·3이 뭐우꽈?

기억 투쟁의 70년을 맞으며
중학원 교복을 입은 아이와
하얀 적삼에
검은 고무줄 바지를 입은 어머니가
동백 꽃송이 가지런히 받쳐 들고
43쪽짜리 포켓북에서 묻습니다
도대체 4·3이 뭐우꽈?
에 43자로 답합니다

해방정국 제주에서
탄압에 저항하고
통일 독립을 위해
봉기한 주민들을
가혹하게 학살한
미증유의 대참사

사혼死婚한 삼촌

칠십여 년 전 봄이었겠지
이웃 마을에 상가에
삼촌이 조문을 갔던 날은

멀지도 않은 바닷가 동네인데
하루가 저물어도
집에 오지 않던 삼촌

사흘 지난 저녁 무렵
한 노인 찾아와 알리던
그 마을에 온 토벌단의 살상

상 난 집에 상주 한 사람과
주변 남정네들과 마을 청년들을
끌고 간 토벌단,

마을 입구 밭에서 잡아간 이들
모두 총살했으며
삼촌도 당한 사람들 중에 한 사람

밭에 시신들 가마니로 덮어 두고
가족들에게 알린다고 마지막
절을 하고 돌아갔던 노인

할아버지와 친척들 소달구지를 빌려
가서 싣고 온 삼촌 시신
먼저 가매장했다가

공포 속에 장례도 말없이 진행되고
설명할 길 없는 원통함과 슬픔
'사삼사태', 천지를 압도한 '사삼사태'
열일곱 삼촌 목숨 앗아간
상황도 진실도 묻지 않던 총
성담 쌓고 죽창 들고 겨루게 했던 시절

설명 없는 삼촌의 죽음은
윗동네 죽은 처녀와 사혼死婚과
양자를 들여 정리 아닌 정리를 하고

심장에 병이 깊어 큰 굿을 하여도
돌아가셨다는 할아버지 아픈 이야기
제삿날과 벌초 때는 다시 되돌아오네.

할미꽃

다시 사월
그때 얻은 몸살 침묵에 저당잡힌 후
길 잃은 넋들이 낮에도 혼불을 켜고
중산간을 서성인다

살아서도 산 것이 아니었다
죽어서도 눈을 감지 못한 넋들
육신은 문드러지고 수백의 뼈마디가 서로 엉켜서
거두지 못한 혼을 불러 세운 빈 무덤
허물어진 봉분 위에 꽃 하나 피었다

아무도 찾아오지 않는
빈 무덤에 혼백이 깃들었을까
하늘을 올려다보지 못하고
소리 없이 눈물짓던 어머니를 달래며
꽃 하나 고개 숙여 피었다

붉은 도감圖鑑, 동백

생초목에 빗금이 가 갈라진다. 깊게 새겨진 빨간 밑줄. 산 동백꽃 툭 툭 터지는 진통, 첫 손바닥에 화인火印을 쥐고 산허리 붉은 산새들이 부딪친다. 숨을 죽인 동서남북이 침묵하고 천둥에 묻힌 뼈들이 옆구리에 조용히 눕는다. 살얼음 건너온 허기진 붉은 기억, 두 귀를 열고, 손바닥으로 가린 두 눈을 뜬다. 변방의 초승달 조각마다 붉은 잇몸이 돋아나고 무명에 싸매어 둔 바람살에 달의 울음이 몇 방울 튄다. 빈 가슴 풀어헤쳐 가는 지맥地脈에 칼집을 낸다. 내내 붉은 옷고름이 흘러내린다. 오랜 젖몸살이 쓰라리다. 이름 한번 불러주지 않았으나 붉은 웅덩이 물탕을 쳐대며 날뛰는 바람을 잠재울

원래 피 묻은 태생을 보면 빨간 부적이 되고 싶다.

저 붉은 것들 원래 붉은 흘림체로 써 내려가

붉은 한 끼를 또 견딘다.

배반의 동백숲

운전에 익숙한 나는 어디든 갈 수 있죠 오른쪽 왼쪽 선택은 내 마음에 있어요

오늘은 해 뜨는 쪽으로 가 보아요 이빨 없는 초록 입들이 태양을 갉아 먹고 있어요 내 차를 뜯어 먹어요 바퀴가 사라지고 범퍼가 사라지고 내 발목도 보이지 않아요 거꾸로 운전해요 가기 싫은 그때로 돌아가고 있어요 소리를 지르지만 이곳은 소리의 늪이에요 소리에 묶였어요 돌아가고 있어요 뜨겁게

어쩌나 캄캄해져요 묵은 재 같은 노랫소리 들려요

길을 내는 것을 사랑이라 믿었네 길이 없는 곳에는 삶이 없다네 길이 끝난 곳에서 길로 누우며 당신의 속삭임은 인생은 달콤한 것 없는 길 걸어가는 삶, 사랑이라 믿었네

칭칭칭 내 몸을 감는 초록뱀들이 나를 묶고 가지 못하게 해요 나는 어디든 갈 수 있어요 내 안의 노래를 잠재우며 바람이 불어요

바람은 자기가 갔던 길을 다시 가지 않네요 반복은 바

람의 배반이겠죠 바람의 결을 따라 초록뱀 떼가 춤을 춰
요 …벌겋게…누웠어요 진득이 따라와요 수없이 짓밟
아요 나를 모독하는 나의 성전

조금씩 밝아지네요 붉은 꽃 지고 동박새 섧게 우나요,

선흘리 동백동산에 검은 숲길 말예요

도철의 시간

　도철이란 고대 중국 때 제사 그릇인 청동솥에 주조한 식인괴물이었는데 거칠고, 조잡하고, 사납고, 괴이하고, 흉악하고, 무시무시하게 생긴 것이렷다! 피와 불의 잔인, 야만, 공포의 위력을 과시코자 한 당시 지배자들의 상징문象徵紋이었으니, 이를 만든 자들은 무사巫史계급이었다나. 황제 이래 요순시절을 지나 하, 은, 주 고대 중국으로 넘어오며 차츰 노예, 국인, 귀족, 무사 계급의 종법제가 이루어지거니, 통치자들이 독점한 무사 계급은 자기네의 권세를 위해 '환상'과 '길조'를 꾸며내는 이른바 제사장들이었지. 사상가이기도 한 이들은 아주 큰 씨족 간의 합병전과 그에 따른 잦은 육살, 노획, 탈취, 노예화를 찬하여 항용 나서길, 가령 『좌전』 성공 4년의 기록에서 보듯 "나와 같은 족류族類가 아니면 그 마음이 반드시 다르다"라는 등의 생심을 끄집어내어 자기 씨족이 아니면 가차 없이 도륙했던 것. 거기에 무시무시한 상징문까지 조작해 내어 그 이름으로 포로를 잡아 조상과 토템에게 무자비한 살과 피의 봉제사도 했음이니, 도철문은 솥만 아니라 술잔과 병기 등에도 흔히 주조하여 한마디로 까불면, 설령 씨족일지라도 도철로 하여금 죄다 삼켜버리게 하겠다는 겁박이렷다!

   그 도철이란 괴물이 4,000년도 더 지난 동방의 한 민주지국에서 횡행한다는 것이니, 국가조작원의 간계로 뽑혔다는 통령과 통령집단이 자기들에게 곤란하거나 불리한 곤경에 처하게 되면 "나와 같은 족류가 아니면 그 마음이 반드시 다르다"며 시시때때로 들고 나와 전가의 보도처럼 휘둘러대는 인간몰이의 병기, 이름하여 '종북'이라는 괴물로 변태했다는 소문이더라니!

무궁화 꽃이 피었습니다
-제주 4·3 70주년을 맞이하여

무궁화 꽃이 피었습니다
무궁화 꽃이 피었습니다

섬은 오래도록 피우고 싶었지
기억과 기억의 갈피
암울한 시대가 매장한 진실을
활활 피우고 싶었지
이념이 사람을
사람이 이념을
사람이 사람을 짓밟고 일어선 나라에
해마다 비틀거리는 봄은 오고
사람들이 들어간 봄 밖에서
만화방창萬化方暢한 섬은 울었지

무궁화 꽃이 피었습니다
무궁화 꽃이 피었습니다

이제 아비를 불러 아들을 안아야지
어린 누이를 맞아 피워내야지

화르르 범람하는 진실 앞에서
오래된 위로의 노래 뜨겁게 불러야지

바람의 속내

일 년에 한 번은
질풍노도의 아이들 줄 세워 섬으로 간다

해설사 설명 끝자락에 아이들 묶어 보내고
시간 부족으로 늘 허둥대던 것 아쉬워
혼자 남아 각명비원으로 간다, 거기
바람 많고 돌 많고 여자가 많다지만
내딛는 발걸음마다 까마귀 난다

왜 이 하늘에만 까마귀 나는 걸까
엽신을 띄워보지만 뭍에서는 답이 없고 다시
바람에게 물어보는 서늘한 말,
저 까마귀들 4월 하늘에 띄워 올리는
그대의 속내는 무엇이냐

언제쯤에나 각명비원 까마귀들의 언어
온전히 해독할 수 있을까

섬은 무덤이었다

바닷길 삼십 리 외딴 갈매기섬*은 무덤이었다
한 평도 못된 구덩이 속에서 수십 명의 유골이 쏟아
지던 날
땅속에 묻힌 흰 고무신처럼 썩지 않는 슬픔이
지아비를 잃고 예순 해를 청상으로 살아온 노파의 가
슴에
붉은 동백 꽃잎으로 흐득흐득 피어나고
푸른 하늘을 맴돌던 갈매기들도 상여 소리로 울었다

"어찌게 그 징한 세월을 말로 다 하것소.
아무리 말해도 지비들은 모를 것이요."

육십 년 세월도 진실을 매장하지는 못했다
굴비 두름처럼 손목이 묶인 채 학살된 떼주검이
밤마다 도깨비불로 떠돌다 유족의 품으로 돌아오던
날
애비를 잃고 한평생 재갈 물린 세월을 살아온 아들
의 가슴에는
아직도 파들파들 떨고 있는 파도 소리 들리고

까마귀쪽나무 그늘에서 휘파람새가 썻김굿 가락으로 울었다

"말도 못하는 시상을 살고 나왔지 싶소.
고것은 전쟁이 아니라 하늘이 내린 재앙이었어라."

*전라남도 해남과 진도 사이에 있는 섬, 이 섬에서 1950년 7월 중순경에 경찰들이 보도연맹에 가입된 사람들을 집단 학살했다.

아무런 이유 없이

많은 사람들이
제주 4·3에서 무수한 제주도민들이 아무런 이유 없
이
억울하게 죽어갔다고 말한다

그런가
정말 그러한가

4·3의 겨울은
최고조에 이른 열정을 끄기 위한
그 몇 배 분량의 극한의 공포와 탄압

이것은 사유하는 세포 자체의 파괴
그래서 제주 4·3은 죽음만 기억되고 있는 것이다

제대로
진실을 말하자

제주 4·3은 아무런 이유 없이 억울하게 죽은 것이 아

니라
　죽어서 아무런 이유가 없어져버린 것이 억울한 것이
다

아픔의 간격 사이에서

다시 사월이 와도 나는 전혀 아프지 않다
나의 아픔은 동백꽃과 동백꽃 사이를 겉돌 뿐
그대가 있던 자리
지금도 그대가 있어야 할 자리
그 자리에 그대 없고
그날의 핏자국도 지워지고
몇 번이나 마음으로만 그대 있으려니
여기며 돌아오는 저잣거리
그 무거운 발걸음
눅눅한 몸
텅 빈 영혼
다시 한 번 나는 왜 아프지 않을까 생각할 때
그때 비로소 보이는 그대,
터무니없이 난사하는 총탄
그대 옆구리에서 꾸역꾸역 새어 나오는 피
산사나이들에게 부역했다고
바닷가로 끌려가 그대는 죽음을 당했다지요,
동백꽃 같은 붉은 피
바닷물을 새까맣게 물들였다지요,

산다는 게 거기서 거기라지만
어떤 죽음은 두고두고 억울하다고들 말하지요,
그래도 나는 아프지 않다
그대는 지금 여기에 없고 나는 있으므로
도저히 같아질 수 없는 아픔의 간격
허나, 그 간격 사이에서 나는 아프다
조금은 짙게 아프다
조금은 더 짙게 아프고 아프다

월령리 선인장

– 진아영 할머니

나라가 날려버린
나라가 책임지지 못하는
인간의 존엄성을
나 홀로 지켜내려
온몸에 가시가 박혔습니다
온몸에 가시가 뻗쳐 나왔습니다

흙 한 줌

대전시 동구 낭월동 골령골의
흙 한 줌을 가져와 뿌려놓은 텃밭에
오늘 봄비 내린다
마흔일곱 살의 절름발이 다리로
합동 제사상에 무릎 꿇은 날에도
팔월의 소나기는 지나갔다
강기언, 강기수 오라방 오라방
까무러친 그녀를 어루만지던
유골의 눈빛
봄비 내리는 텃밭을 물끄러미 내다보며
마주 앉은 그녀의 눈도 촉촉이 젖어든다
절름절름 더딘 걸음이라도
제발 와 줘써
한 번만 보게마씀
한 번만 보게마씀

성산포

당신은 70년 만에 목이 터졌다면 무엇을 먼저 말하고 싶은가요?

일흔 해를 살아오면서 4·3에 대해 이야기했고 4·3에 대해 침묵하였다.

그리고 4·3을 캐묻고 다녔다. 여느 역사서처럼 4·3을 내세웠고 4·3에 대해 가르쳤다.

그러나 그 어디에도 4·3을 아는 이가 없었다.

숨어서 눈과 입을 지우고 귀만 있을 무렵 어머니가 들려주던 노래가 있다. 하지만

어머니가 들려주던 노래를 부르는 이는 없다. 어머니의 노래를 잊을 수 없다.

사라져버린 제주의 터진목으로 목소리가 돌아와도 노래할 수가 없다.

두려움의 냄새를 먹고사는 삿된 이들은 그저 씨알을 지키느라

어미 새가 알을 덮듯 괸당과 삼촌들의 4·3을 덮으며 혈마다 콘크리트를 쏟아 붓기 시작했다.

벌써 4·3은 지난 일이라고 이제 제주는 지상천국이

라고 말하는 이들은 애드벌룬을 띄웠다. 4·3은 콘크리트의 성벽에서, 세상의 중심인 낙원에서 섬이 된 성소일 뿐이라고 떠들어댔다.

그리고 숨골과 물길의 맥을 끊고 목구멍에 쇳물을 붓기 시작했다.

물은 강이 되고 바다가 되어야 하는데
바람은 파도를 일으켜 바다가 되어야 하는데
쇠는 불이 되고 산이 되어 흙이 되어야
사람을 살리는데
시멘트 가루 마시며 붉은 보름달에게 축문을 읽는 밤,
콘크리트 벽에 갇혀 벙어리가 되어버린 사람들은 자신의 입을 지우고 눈을 지우며
쏟아 낸 눈물에 솟다 잠기는 섬이 되었다.
터진목에서 어머니가 4·3의 광풍을 막기 위해
전복 껍질 같은 등으로 덮던 바다가, 다시 회복의 노래를 부르던 제주 바다가 사형선고를 받는 매립지의 땅에서
사랑으로 덮을 수 없는 나는

숫눈송이처럼 순백의 순교를 할 수 없는 나는
어머니가 들려주시던 노래를 부를 수 없다.

옛말 그른 말 웃다.
사름 나고 말이 났져.
살당보민 살아진다.
괸당끼리 칼광 불이 된 세상
산 사름 본은 풀지 말라.

소지를 사르던 까마귀 모른 식게를 찾아 물메에서 섭
지코지로 가는 동안
갯메꽃에 손을 대면 숨비기 열매가 어머니의 검은 젖
가슴을 기억해 냈다.
내가 육지 사람에게 선물하던 숨비기 열매, 베개 속에
넣으면 잠이 잘 오던 냄새처럼 물때를 알려주던 바람과
구름의 방향을 돌려버린 녹조 핀 바다, 할망 바다엔 물
새만 앉은 녹슨 철근과 스티로폼, 해수욕장을 막은 비계
와 공사장 표지판, 샛바람을 막은 건물들.
그런데도 충혈된 바다로, 어머니의 가슴에 대못을 박

는데도

　어머니는 물질을 나가신다.

　오래전부터 아버지의 어선이 헛돈다.

　본향이 뭐라고, 고향이 뭐라고, 발 막아 누울 집이 뭐
라고.

　바람 막고 물길 막은 콘크리트가 다시 돌담과 방사탑
을 부수고, 뱀의 독을 풀어 병들게 하는 사람사막이 되
어가는데.

　신이 버린 땅과 바다에서 아직도 4·3이 무엇인지 모
르고 축배를 들고 함성을 지르는

　이들은 무엇인가.

　눈과 입을 지우고 귀만 커질 무렵 터진목으로 득음
은 하셨나요?

　황근꽃이 피는 식산봉 돌아 오조뻘 지나면서

　산담은 밀고 아시는 맹지에 가두고 길고 아리송한 집
들의 이름으로 삼춘들과 조상들의 식게도 못 찾아 먹
게 하는

터진목에서

　어머니가 동굴동굴 말아 부르던 노래에 모래가 끼어

　자꾸 가래침 뱉는 폭낭 아래서 노래를 흉내 내는 이
들을 보았다.

　자연 유산으로 얻은 성산 일출봉을 자연 유산으로 잃
고도

　터진목으로

　옛사람은 옛 노래가 되어버렸다.

　옛 노래는 옛일이 되어 헛묘 속으로

　헛묘는 콘크리트 밑으로 사라졌다.

　하지만 나는 계속 궁금해할 것이다.

　허공으로 쏘아 올린 불꽃놀이가 덮은 4·3과 별이라
던 섬

　일흔 해 동안 금지곡이 되어버린 어머니가 들려주던
노래, 4·3

보안처분 청구서

'내란죄'가 아버지를
어기찬 운명으로 끌어들였다.

1948년 12월 13일,
육본 보통군법회의에서
20년 징역형을 받은 아버지는
마포형무소에서 복역한다.
6·25전쟁이 발발했고
탈옥한 아버지는 재수감된 후
1963년 8월 20일에 풀려난다.

나는 지금도 기억한다.
우리가 감시의 그물 안에서
연명하던 시절을.
"죽는 날까지, 어디든
보고하고 다녀야 한다."는
으름장이 끊기지 않은 줄처럼
아버지를 따라다녔다.

"어떻게 지내느냐."
"어디를 갔다 왔느냐."
사흘에 한 번 찾아온 형사들이
여러 차례나 반복해서 묻곤 했다.

"아무 혐의도 없는 사람에게
이렇게 하는 근거를 대라."
어머니가 격렬히 항의했을 때에
비로소 경찰은 1982년의
'보안처분 청구서'를 보여주었다.

거기에 박힌 아버지는
"민청에 가입하고
'4·3폭동'에 가담"했던
'보안감찰대상자'였다.
허위 자백이 만든 허상이었다.

게다가, 보안처분 청구서는
'재범 위험성'의 근거를

국가 시책에 대한 불응과
과거 처형에 대한 불만에
두고 있었다.

보안처분 청구서는
아버지의 딸인 나에게
세상을 해독하는 여러 방식을
제공해준 셈이었다.

강동휘 선생님

까까머리 중학생 시절 비 오는 날의 체육 시간은 기분 좋고 몽롱한 실내 수업이었다. 아버지뻘 강동휘 선생님의 재미있는 이야기보따리가 풀리는 시간이기도 했다. 스토리텔링을 잘하는 분이었다. 가령 도둑놈을 '머리 검은 쥐'라고 표현하는 식이었다. 어느 봄비 오는 날, 그런데 그날 분위기는 이상했다. 말 안 듣는 중2들은 졸다 깨다 듣다 하며 그 무섭고 분하고 슬프고 안타깝고 괴기스러운 이야기 속으로 빨려 들어갔다. 비현실이었다. '에이 설마…… 다 지어낸 얘기일 걸' 우리끼리 수군거렸다. 그러나 듣든 말든 선생님은 내내 혼잣말을 이어갔다. 마침종이 울리면서 마무리를 못한 선생님이 교실 문 쪽으로 돌아설 때 눈가에 문득 이슬이 맺히는 게 보였다. 그제야 우린 '…진짜 같네…' 하며 정색했다. 쉬는 시간이었는데도 수업 시간인 듯 장난기가 사라지고 무거운 정적이 감돌았다. 그러나 다른 수업이 이어지면서 우린 이내 그 기막힌 이야기를 까먹고 다시 정신없이 사춘기로 돌아갔다.

" …… 내가 너네만이 했던 까까머리 때 일이여. 여기

37

성산면에도 군·경·서북청년덜이 흔꺼번에 모다들엉 눈에 보이는 사람마다 족족 잡아들이고 가두고 매질허고 죽여불던 때라났져. 섣들 어느 날 총 든 사름덜 고성리 우리 동네 입구를 이디저디 딱 막아놓고 사름덜 다 나오랜 소리치어라. 도망갈 길이 다 막혀부난 다덜 홀 수 어시 기어 나오는디, 코홀리개로부터 북망 갈 늙신네까지 수십 멩이 모였주. 그 중에 쓸만헌 남정네 열댓 멩을 추려냈는디, 내가 그때 너네 나이였주마는 덩빨도 좀 있고 코 밑도 거무수룽허난 고등흑생 쯤으로 보여신디사 "너도 이래 나와!" 허더라. 그럭저럭 흔 열 멩 정도 엮으더니 호미영 낫이영 쉬스랑이영 곡괭이영 뭐든지 무기가 될 만헌 건 다 챙경 오랜 ㅎ여.

주왁주왁 농기구덜 챙경 흔 삼십 분 후제 다시 모이난 "너넨 이제부터 농기구 분대다"ㅎ멍 웃는 거라. 그놈덜 대요섯 멩이서 열 지은 우리 앞뒤좌우로 총 겨누언 행군을 시키는디, 어딜 가는지도 몰르멍 가단 보난 수산2리 고잡이엔 허는 동네라. 처음 갈 땐 드르 쪽부터 촟촟이 슬피단 아무 흔적도 어시난 대왕오름이여 어디여 막 섞어 댕기단 아맹 니 잡듯이 뒤져도 아무도 못촛은 거라.

겨난 뜨시 내려완 이레저레 막 돌아댕기다네 고잡 초낭
굴 부근이까지 갔어.

그 굴 조끄띠서 결국에 꼭 나만이 허고 지금 너네만
이 흔 어떤 청소년을 붙잡게 됐어. 가만히 얼굴을 살펴
봤주. 밭이 댕길 때 수산 동네서 멫 번은 봐난 아이라.
가이가 흑교를 안 댕견 선생님이영 친구는 아니지만 곱
들락헌 얼굴은 낯설지가 아니 헌 거라. 꼭 코생이만 흔
거 ᄒ나 심어낭 군경·서북·청년덜이 이젠 그 아일 심
문허는 거여. 겐디 그놈덜이 아맹 어르고 달래고 뜨리멍
마을 사름덜 산에 강 곱은딜 고르랜, 고리치랜 해여도,
그 아인 죽어도 모른뎅 허는 거라. 가이 말 곧는 거 보난
우리가 보기에도 실지로 모르는 거 닮기도 해.

겐디 그놈덜은 아맹 실토허게 해도 안 되고 허단허단
도저히 안 되난 용심이 부껀 이노무 새낄 죽여부러사캔,
우리신디 이놈 모가지를 호미로 치라는 거 아니라. 호미
영 낫으로 목을 치고 쇠스랑 곡괭이로 등망머릴 찍으랜
겁박을 허멍 우리안티 총부리를 겨누는 거여. 우린 다
락 겁난 끽소리도 못 허고 발발발발 털기만 허고 아무
도 나사는 사름이 어섰어. 우리도 말을 안 들으난 이번

39

엔 그놈덜이 우릴 막 패고 짓밟고 조지는 거여. 얼마나 맞았는진 몰라도 하도 맞당 보난 다덜 졸바로 일어서지도 못 허게 반죽음이 되부렀어. 경해도, 경해도, 차라리 맞는 게 낫주, 어떵 호미로 나 또래 그 어린 소년 목을 쳐지커니. 그건 어른덜도 마찬가지였어. 이빨이 딱딱 부딪히게 떨기만 허고 끝꼬지 앞으로 나사는 사람이 어섰어.

결국 춤다못헌 그놈덜 중에 흔놈이 우리 손에서 호밀 확 빼앗안게마는 무릎 꿇린 그 아이안티 그냥 들려들언 목을 수정어시 팍! 허게 내려치는 거라. 퍽퍽퍽, 팍팍팍, 콱콱콱, 그 아인 고개를 푹 꺾은 채 눈 감앙 있다그네 갑자기 뒷목에다 호밋날을 맞으난 어떵 되커니? 피영 슬점이영 사방으로 정신어시 튀는디, 짐생이 목이 끊어지기 전에 막 외듯이 캉캉캉 쇠울음 소릴 내멍 불 맞은 수톳거치 길길이 들락퀴는 거라.

겐디 거 사름 목숨이라는 게 경 간단히 끊어지는 거 아니여. 천장만장 들락퀴는 아이를 발로 차고 짓밟으멍 호미로 수없이 쳐도 목에다가 정확히 겨냥을 못허니까 온몸을 호미로 괭이로 찍으멍도 목숨이 채 안 끊어지는 거라. 이번엔 그놈들이 흔꺼번에 호미로 낫으로 쇠스랑으로 곡괭이로 아이안티 쳐달려드는 거라. 숨이 끊어질 때까지 계속 치고 베고 찍고 쳐대는 거여. 뼈마디 꺾어지는 소리가 꼭 낭에 도치질헐 때 소리추룩 빡빡 울리고, 피는 온 사방으로 쏘나기거치 튀고, 살점은 걸레가 되언 헤싸지고, 그차진 폴다리가 흙바닥에 나둥굴고, 벌겅허게 빠진 눈까린 군화에 짓밟히고, 대맹이 가죽도 머리터럭 붙은 채로 갈갈이 틑어젼 이레착 저레착 허고. 아예 사름을 도축을 해분거라.

도세길 잡을 때도 그 쟈락은 안 허고 그 추룩은 안 잡은다. 이건 도대체가. 아이고 도대체가. 지옥도 그런 지옥이. 차라리 총으로 팡 쏘앙 흔 번에 죽여불민 나가 이런 말 허지도 안 헐건디. 얼마나 끔찍헐지 너네 상상이나 되커냐. 상상이 안 될거여. 될 리가 엇주. 결국 사름 죽이멍 지쳐분 그놈들은 겨우 거죽만 붙은 그 아이 모감지를 잡안 그쟈 괴기 썰 듯이 호미로 확 그챠 불데.

그걸로 끝이여. 다 끝났어. 다덜 한참동안 말어시 조용히덜 이섰어. 시간이 얼마나 지나신지 몰라. 우린 공포에 질린 채로 우리가 모가지 그챠젼 죽은 기분으로 덜덜덜 떨멍 서 있고, 눈까리 뒤집언 광질허던 그놈덜은 담배 피우멍 먼 산 바라봄고. 좀 이시난 그놈들이 흙으로 피로 뇌수로 골수로 범벅되연 사름인지 짐승인지 분간이 안되는 그 아이 몸 우에다가 "에잇 개가죽 닮은 새끼! 이추룩 질긴 놈이난 폭도 새끼지!" 허멍 침 탁탁 밭고 오줌까지 깔기멍 끝까지 욕보였어. 정말 인간이 어디꼬지 잔인허고 악독해지는 진 몰라도, 저승처시도 경까진 안 헐거여.

헌디 갑자기 이놈덜이 우리더레 저디 밭이 강 놈삐 나댓 개 뽑아오랜 시키데. 우린 그제사 정신이 번쩍 들언 후다닥 달려간 손에 잡히는대로 무수를 뽑아왔주. 뽑안 오난, 아 이놈덜이 이번엔 사름 죽인 그 피투성이 흙투성이 술점투성이 뇌수투성이 골수투성이 범벅 호미를 우리안티 탁 던지멍 그걸로 놈삘 깎앙 먹으랜 허는 거라. 말 안 들으민 너네도 다 폭도난 이 아이 짝 난덴 겁을 주멍. 우린 동지섣들 사시나무 털 듯이 닥닥닥닥 털멍 어찌어찌 놈삐를 깎긴 깎아신디 어떵 그걸 먹을 수가 있나게. 안 먹는 놈은 폭도로 간주허고 저 짝 날 줄 알랜 계속 겁주난 이젠 홀 수 어시 흔 입썩 베어물긴 물어신디, 눈물 나고 콧물 나고 토 나오고 설룹고 무섭고 기가 맥혀네 도저히 목구멍 알로 넘어가질 안해여. 왝왝 꽥꽥 끅끅 토허고 눈물 콧물 겁똥 겁오줌 좔좔 끌기멍 그 놈뻬를 먹는디, 다덜 속으로 소리 안 나게 극극 울엄시난 그 놈덜은 우릴 보멍 켈켈켈 웃고. 어찌어찌 겨우 흐나씩을 먹긴 먹어서. 다 먹으난 그제사 이젠 알동네더레 내려가겐 허는 거라. 오늘은 재수 어선 안 되켄, 일쩍 내려강 술이나 먹겐 지네끼리 고르멍 말이지. 우린 시체랜 헐 것도 어신 그 아이 몸뚱일 대충 묻어부러돈 뒤돌아섰어.

그 후제 난 어떵 집에까지 가져신디 기억도 안 나. 너무나 고통스럽게 죽은 그 아이밲인 생각이 안 나. 그 후제로 이제꼬지 난 놈뻬도 괴기도 못 먹고, 호미도 괭이도 손에 못 심어. 시도 때도 어시 그 아이 죽던 모습만 생생허게 떠오르는디 미치고 환장헐 지경이여. 그때마다 꼭 내가 호미로 쳐 죽인 거만 닮안 아맹 애써도 잠이 안 온다. 어떵허당 낮에 잠깐 졸 때도 나 자신이 호미 맞앙 죽는 꿈만 꾸곡. 불멘증으로 경 잠 못 잔 지가 벌써 이십 년도 넘엇져. 그때 그놈덜신디 얻어맞은 후유쩡으로 이 눈도 한 짝은 반 애꾸눈이 되어부러시녜. 너네덜 선생님 말 들엄나? 이해 됨시냐? 이해 안 될 거여. 될 리가 웃다.

귓고냥에 담은 아이덜만 이루제 크걸랑 선생님 말 기억해도라. 혹여나 먼 후제에, 너네 다 큰 후제에, 옛날 어떤 선생님이 이런 말 해나신디 정도만 기억해도라. 아니여, 기억 못 해도 상관웃다. 사름 사는 진짜 세상 온 다음에 혹시나 선생님 말 기억해지걸랑 그때 다른 사름덜 안티도 알려주민 그 이상 바랄게 웃다. 다시는 그런 일이 생겨도 안 되고 입 다물엉 살아도 안 되는 세상이 와사 헐거여. 그런 세상 오젠허민 너네가 바지런이 공부해영 좋은 세상 만들어사 헌다. 그 길밲이 웃다. 그 길밲이 진짜 웃다. 겐디 너네덜, 어디 강 이런 말 들었댄 고르민 아니 된다. 큰일 난다. 절대로 이 말 어디 딴 디 강 도시리지 말라. 들은 척도 아는 척도 허지 말라. 선생님도 다치고 너네도 다치고 너네 부모님도 다친다. 다 다친다……."

철부지들은 선생님의 마지막 당부 말씀만은 끝까지 잘 지켰다. 세월이 꽤 흘러 이제는 말해도 되는 세상이 온 후에, 선생님은 왜 그때 까까머리들에게 끔찍한 경험을 토로하셨을까를 생각해봤다. 선생님 얘기를 거슬러 찬찬히 복기하면서 그 소년의 아픔이 어땠을지를 헤아려보기도 했다. 그러나 여전히 상상할 수조차 없었다. 그 후로도 한참 더 시간이 흐르자 어느 날부터 선생님 얘기가 마음의 빚으로 느껴지기 시작했다. 선생님의 뜻이 어슴푸레 조금씩 이해되기 시작했다. 선생님은 그때 그렇게라도 해서 원통히 죽은 소년의 넋을 진혼하고 싶었던 것 같았다. 그 고통스런 역사의 실상을 나름의 방법으로 세상에 남기고자 했던 게 아닐까 싶었다. 짐작컨대 아마 그랬을 것이다. 선생님은 교육자였으므로. 철부지들이 당장은 말귀를 못 알아먹어도 언젠가는 배운 바가 되살아나 관심을 갖게 될 거라는 점을 알았을 것이다. 교육 효과라는 게 그런 걸까. 시간이 걸리더라도 사실과 진실을 밝히는 지렛대로서 교육만큼 명료한 사회적 도구가 없다는 점을 선생님은 분명히 깨닫게 해주었다. 비록 나는 아직도 그 지옥을 다 헤아리지 못하지만.

블랙리스트

나 폭도 새끼인 거 몰라수과

무자비하게 사람들 패 죽이는데
저항한 게 죄우꽈

나가 폭도 새끼라서 지금 댁한테
피해 준 게 뭐우꽈 나 벌엉 나 먹는디

폭도 새끼라고 손가락질하는 사람들한테
당당히 맞서는 신촌 이 씨 문중 몇 자 자 자

어제도 오늘도 꿀릴 것 없는
그저 대한민국 보통 사람

진아영 秦雅英
　- 1914년 생일 미상 ~ 2004년 9월 8일

아무도 나를 찾아오지 말았으면 좋겠다
짚 더미 들쑤시는 바람 소리에 잠이 깨면
꽃이나 새들이나 놀다 웃고
장독 앞에 돌담 아래 볕이나 쬐면 좋겠다

사람들이 무섭다 발자국 소리가 무섭다
기자들이 찍는 사진도, 위로도
그것이 무엇이 중요하랴
월령리 담벼락 달빛 넘실거리면
파도치며 밀려오는 해무를 감고
간다, 이제, 간다

약기운이 떨어지면 온몸이 아파
읍내로 걸어가는 십 리 비탈길
총탄에 날아간 턱을 가리고
무명천에 아흔 살 늙은 몸으로

무자년 총탄에 잃어버린 아버지
까마귀 떼 어지럽게 날아다니던 들판을 지나

엄마 찾으러 간다
왜 이제 왔나 꾸중을 듣고
한참 울다 나를 두고 갔나 투정 부리러

발자국 소리 비명 소리에 문을 잠그고
혼자 숨어 밥을 먹다가
간다, 이제, 간다
한없이 울어도 창피하지 않은 땅으로
꽃이나 새들이나 놀러 오는 곳으로

한라산으로 난 길

붉은 꽃들이 부산스레 수풀을 헤치며 산을 오른다
붉은 꽃들이 붉은 열매를 남기고 툭툭 진다
붉은 꽃을 따라간 푸른 잎들이 붉은 잎으로 산을 내
려온다
모두를 떠나보내고, 산은 무명 치마저고리를 입는 것
이었다

계절이 산을 오르고 내릴 때마다
산이 울어 핏줄이 터지고 섬이 젖는 것이었다
새들이 붉은 열매를 물고 날다가, 이따금
그 붉은빛이 산의 피울음인 것을 알고는 떨구기도 했다

그리고 밤이면 몰래
마을로 내려와 우는 아이를 잠재우곤 했는데
산이 마을로 내려오는 것을 막으려고, 어제부터
밤새껏 가로등이 눈을 부라리며 보초를 서는 것이었다

부하의 총에 죽은 섬에서 제일 높은 군인이 취임 연
단에 서던 날

"삼십만 제주도민 다 죽여도 좋다, 온 섬 다 태워도
좋다."
　　두 주먹 불끈 쥐고 우렁우렁 연설 소리
　　한라산을 정복하는 건 남반도의 정상 자리에 오르는 일

　　날벼락 떨어져 타오르는 불길이 심장에서 쏟아지는
핏물이
　　이정표로 선
　　한라산으로 난 길이 상여길임을 아는지
　　소름을 털며 소울음이 먼저 산으로 갔다

　　오늘, 나는 그 길에 술 한 잔 올리고
　　때늦은 문상問喪염불이라도 하고 싶은 것이다

몰명沒名
-애기무덤

너븐숭이에 가면, 있다
이름 없는 이름의 이름들이 있다

　김상순자　여　3세　1949년 1월 17일 북촌교 인근 밭
에서 토벌대에게 총살당함
　김석호자　여　7세　1949년 1월 17일 북촌교 인근 밭
에서 토벌대에게 총살당함
　김석호자　여　9세　1949년 1월 17일 북촌교 인근 밭
에서 토벌대에게 총살당함
　김완기자　여　6세　1949년 1월 17일 북촌교 인근 밭
에서 토벌대에게 총살당함
　김완림자　남　4세　1949년 1월 17일 북촌교 인근 밭
에서 토벌대에게 총살당함
　김완림자　남　6세　1949년 1월 17일 북촌교 인근 밭
에서 토벌대에게 총살당함

.

.

.

　한석찬자　남　2세　1949년 1월 17일 북촌교 인근 밭

에서 토벌대에게 총살당함

이름 없어도 영원히 기억해야 할 이름이
있다, 북촌 너븐숭이에 가면

호명呼名
- 4 · 3, 70주년의 영혼들에게

숲은 흉터를 안고 자랐다 맵고 매운 이름들이 잎눈을 내는 중이다

파도도 흉터를 실어 오고 실어 간다 목놓았던 울대들이 나이테를 만들고 있다

바람도 오름을 넘어 흉터 안으로 불었다 흉터 밑에서 다시 돋는 핏방울들

봄이 봄일 수 없었던 언덕을 일흔 번 넘었다

넘어지고 일어서고 넘어지고 일어서고 칼날절벽 바라볼수록 아직 춥고 아직 검다

오래 바라보고, 깊숙이 만져보고, 매일 아파라 아파라

바라볼 때 한 층, 만져볼 때 한 층, 다시 아플 때 다시 한 층 오르는 것, 생명이니

마른 것 같지만 마른 적 없는, 꺾인 것 같지만 꺾인 적
없는, 저 호명

　대한민국의 흉터, 지구의 흉터, 이름 한 자도 틀리지
말라 4월 3일

　아직 진물 배어나는, 붉은 제주가 우묵우묵, 고원의
기억을 향해 일어선다

　광막한 숲이 머리를 풀고 걸어가는 저 먼 길, 자유, 귤
향기가 따라간다

　삶을 더 지극하게 만드는, 목숨을 환하게 받아내는
흉터, 당신의

　진실,

김순남

제주고사리삼

바람 한 줌 들지 않고
햇살 한 모금 내리지 않는 곶자왈에
키 크고 무성한 잎들이
네게는 캄캄한 밤일 수밖에 없었다

숨비소리 땅속에 콱콱 눌러 박고
애면글면 포자낭엽 만들어
무성에도 자손 일으켜 살 만해가는데

이 무슨 사나운 광풍이란 말인가
도틀굴 목시물굴 반못 벤댕디굴 억물에
피 토하는 주검의 바다를 건너며
이 땅의 시원으로 살고 싶었다.

작다고 깔보지 마라
있어도 그만 없어도 그만인 잡풀때기가 아니다
내가 곧 주인이요 역사요 평화이다.

산 증인 큰넓궤

언제 난리가 끝날지 알 수 없지만
며칠만 꼭꼭 숨어 있으면
집으로 돌아갈 수 있겠지
오순도순 버티던 동광리 사람들

눈 녹인 물을 먹으며 배고픔을 달래보지만
한숨 소리 점점 깊어지고
쉬이 새벽은 오지 않고
인심은 점점 야박하여지고

끝내, 토벌대에 추적당한
큰넓궤 사람들
토벌대 무차별 총탄 앞에
허망하게 쓰러졌다

햇빛 한 번 제대로 보지 못하고
허리 한 번 제대로 펴보지 못하고
캄캄한 동굴 속에서
무참히 매장되었다

영원한 무덤 되었다

태극기 휘날리며

태극기가 바람에
펄럭입니다 하늘 높이
아름답게

펄럭입니다 감격이었지요
일제가 패망하고 계시처럼 해방이 온 날
거리 거리마다 태극기가 물결쳤지요
관덕정 광장이나 신작로는 물론이고
올레 고샅길마다에도 어른 아이 할 것 없이
태극기 휘날리며 장관이었지요

그런데 무자년 4.3 시절
말 설고 낯설은 서청 무리들이 도둑처럼 달려들어서는
순박한 제주 백성에게 터무니없는 값으로 태극기를
강매하였지요
척박한 살림살이에 그 요구 거부하면
세간살이 때려 부수고 빨갱이로 몰아부치고는
매타작 일삼았지요

그때 겨우 살아남은 갓난쟁이가
백발성성한 늙은이 된 오늘
그때의 아수라 같은 얼굴들이 또다시
태극기 휘두르며 탄핵된 통치자를 석방하라고
겨울 올림픽 남북한 공동 입장과 단일팀 구성이 종북
행위라고
막 욕설을 날리네요 남북의 꽁꽁 얼어붙은 심장을
조금이라도 녹여 아우라지 강물로 흐르게 하려는 것을
태극기로 막 갈라치면서

태극기가 감격이고 영광이었으면 좋겠어요

태극기가 바람에
갈기갈기 찢겨지네요
하늘 높이 아득하게

북촌 팽나무

피사체 노을 속에
흑백의 미학인가요

차려 자세 세워 놓고
나를 찍지 마세요

겨누어 나를 향하던
총구들만 같아요

진눈깨비
-형무소 가는 길

눈물이 마르기 전 항구에 닿았다

풍문에 묻어 오던 가벼운 목숨들

파르르 포승에 묶여 목포항에 내렸다

퉤엣! 침 뱉으며 노려보는 눈빛들

빨갱이 새끼들! 빨갱이 섬껏들!

너덜한 갈증이 틈새 파고드는 저 욕설

김영숙

제주 벚꽃

  -4·3평화공원에서

소리 내 울지 못했어 열한 살 단발머리
온 식구 트럭에 실려 어디론가 사라질 때
대왓에 숨어 있었어 숨소리도 아꼈어

각명비에 새겨진 피붙이들 이름을
얼굴을 매만지듯 닦고 닦고 또 닦고
'같이 가 나도 같이 가' 그 한마디 못 했어

소리 내 울지 못해, 나 혼자만 살아서
지고 온 제물들을 조아리듯 꺼내는
창천리 고 씨 할머니 눈물처럼 지는 꽃

진혼을 위한 서곡
　-괭이바다에서

밤마다 바람이 불면
고양이 울음처럼 다가오는 붉은 꽃잎들이
세찬 물결 속으로 역사를 재구한다

달도 눈을 감아버린
그날의 학살은, 끝끝내
피비린 슬픔으로 유전되었다

해방의 기쁨도 가시기 전
낯설은 총탄이 몰고 온 복선은
수없는 그림자들을 묶어놓았고,

누구에겐 아비요, 남편이며
이 땅 우리의 아들들 가슴으로
시커먼 구멍 자국 하나가 뚫리고,

그 속으로 훤히 보이는
피붙이의 단말마적 그리움이
소금기 가득한 자리로 매장되었다

돌아올 수 없는 먼 길을 따라
하염없이 짚어온 낡은 달력에
젯밥 한번 제대로 올리지 못한,

매서운 계절들이 끊임없이 피었다 지고
그날의 이유를 추리할 흔적마저 사라진, 이제
질긴 분노만이 살아남은 자의 몫이 되었다

바람 부는 밤이면 팽이바다에
다시 쓰여야 할 역사가
거대한 제단으로 붉게 소리치고 있다

잠들지 않는 남도
-제주 4·3 70주기를 기억하며

내 20대 젊은 한때

'잠들지 않는 남도'
'유채꽃'에서부터 시작해

'아리랑'
'지리산' '남부군'을 넘어

'어느 청년 노동자의 삶과 죽음'
'아무도 미워하지 않는 자의 죽음'
'꽃도 십자가도 없는 무덤'
'한 알의 불씨가 대륙을 불태우다'
'호치민 아저씨'
'스톡홀름 기차역에서'
……까지

정신없이 읽었던 때가 있었다
인간에 대해 알고 싶었다

그러다가 문득 고개를 들어보니
어느덧 환갑을 지난 나이가 되었다

그 인간에 대해서는 여전히 알 길이 없고……

흰 구두 한 켤레

광풍의 시절에도 대문 열고 들어선 집
몇 번의 죽을 고비, 산목숨의 아버지
할머니 부르튼 발바닥, 눈물의 투쟁이었다

치열했던 젊은 날들 홀연히 접어서
사상도 명분도 드럼통의 잿더미로
불안의 헛헛한 가슴, 평생을 지니고 산

그렇게 다 태워도 뼛속에 박힌 4·3은
임시 막사 안과 밖, 따라오던 군홧발 소리
징표로 삼았던 걸까, 닦고 닦던 흰 구두

나는 죽다 살았지만

아홉 살 때 마당에서 놀다
녹슨 대못이 발바닥에 박혔다
어른들 몇이 낑낑대며 못을 뽑고
라이터 불로 발바닥을 소독했다
그날 이후 발목 잘리는 상상을 자꾸 했다

오 학년 겨울방학엔 집에 불이 났다
하필이면 크리스마스 이브였다
"불이야 불이야!" 엄마의 고함이 아니었다면
여섯 식구는 다시 세상을 못 봤을 것이다
하필 엄마는 몸져누웠고 하필 딸린 동생이 셋이었다
고드름 고드름 수정 고드름
처마 끝에 간신히 매달린 채
겨울을 났다, 죽다 살았다
가끔 죽는 상상을 한다
차에 치여 죽고 치정에 얽혀 죽고
전쟁이 일어나 포탄 속 먼지로
순식간에 사라지는 나를

죽을 걸 상상하면 죽음이 두려워지지 않는데
악착같이 살 것을 결심하면 죽음이 막막해진다
초겨울 시든 맨드라미처럼 죽고 싶다가
한라산 복수초처럼 맹렬히 살고 싶어지는 나는
매일매일 죽다가 또 살지만

"죽겠어"라고 버릇처럼 말하다가
입이 딱 굳어버릴 때가 있다
너븐숭이 애기무덤*을 처음 봤을 때다
거기, 제주 북촌리에 가면
눈 한번 반짝 못 떠본 채 잠든 아가들 혼이
바람인 듯 섬이 부르는 만가挽歌인 듯
죽음으로써 삶을 질문한다

나자마자 숨이 끊긴 아가들은
돌무덤 속에서도 얼마나 소리쳐 울고 싶을까
젖니 같은 유채꽃 들녘에 필 때마다 얼마나
다시 일어나 숨 쉬고 싶을까

나는 수백 번 죽다가 살기라도 했는데
어멍**이란 말도 못 배우고 떠난 고물고물한
그 아가들은 얼마나

* 4·3사건에서 희생된 어린아이들의 무덤.
** 어머니의 제주도 사투리.

잘 익은 자두를 보면

꿈조차도 새콤한 자두나무 있었지
봄이면 초록 하트 가지가지 매달아 놓고
심장을 달구어가던 어린 고모 살았지

실핏줄 죄다 터진 무자년을 넘기고
초록잎 무성토록 생리 돌아오지 않더라
생과 사 얼얼한 이슬 진 자리만 붉더라

죽창에 찔리던 봄 절뚝절뚝 또 가고
끝내 단 한 번을 익혀보지 못한 자두
심중에 단단한 씨앗 문신 새겨 살더라.

제주濟州, 1948년

제노사이드
집단대학살

전쟁이
일어났을 때

대장장이는
쇠를 달구어
칼과 창을 만들고

옹기장이는
가마에 불 넣어
밥그릇을 만들었다
한라산의 붉은 흙으로!

여자들은
자신의 옷을 찢어
내일 태어날 아가들의 옷을 만들었다!

산굼부리

붉새꽃이 만발한 저 하늘에 나도 갈래
어멍 아방 손잡고 영등바람 따라갈래
촐랑생 뛰어서 갈래 쉬엉쉬엉 올라갈래

깊게 파인 분화구 구불텅한 능선 아래
울퉁불퉁 화산석 눈물 가득 울담치고
민들레 각시제비꽃 깨어나면 같이 갈래

사월, 광장으로

그대, 사월은 이제 광장으로 가자
더는 어둠이라 슬픔이라 쓰지 않겠네
한라산 품어 낸 땅에 당당한 시가 되자

살기 위해 산으로 내달렸던 바람도
벼랑 끝에 매달린 까마귀 저 울음도
끝끝내 돌아오지 못한 아버지의 약속도

죽창 같던 고드름 골짜기로 녹아 흘러
잃어버린 마을 어귀 자장가도 불러주며
다 해진 신발을 끌고 산이, 산이 내려온다

아직 누운 백비에 이름 새기는 날까지
너와 나 백두가 만나 춤추는 그날까지
동백꽃 함께 피워 낼 사월 광장으로 가자

묵은 집터에 새 집 세우니

안 골목 곱은 밭은 아홉 놈 집터
사태 전에 아홉 가구 옹기종기 살았다네
사태 나고 토벌대 올라와 이리저리 수색하자
들판에 꿩 내달리듯 누구는 산 쪽으로 달아나고
누구는 바닷가로 엎어지며 뛰었다만
바닷가로 피한 사람들은 만만하다고
바닷가에 줄 세워서 다 쏘아 죽이고
산으로 오른 사람들은 가족들 먼저 죽였다지
세월이 돌고 돌아 한 칠십 년 되었나
제주에 새바람 불어 누구는 올레길 걷고
누구는 산에 오르고 바다에 놀러들 오더니
안 골목 곱은 밭도 육지 사람들이 사들여
토벌대처럼 묵은 집터 갈아엎고 새 집 짓는구나
바람막이 팽나무, 대밭, 멀구슬나무 베어 젖히고
전망 좋은 이층에 발코니에 정원수에 등불 달고
새 집에 떵떵 새 세상 제주 여는구나
한 세대 넘어가면 당신들도 제주 사람 되겠지만
거기 묵은 집터에 아스라이 묻혀버린 슬픈 사연들
밤마다 소나무숲에 울리는 곡성을 알 턱이 있으랴

노란 초가에 돗통시에 촐눌에 세우리 심은 우영에
가난한 옛 시절 한없이 무구했던 아홉 집 식구들이
설문대할망 금백조할망 신화 전설 읊으며
대별왕과 소별왕이 저승과 이승 나눈 이치 배우며
오순도순 살던 아늑한 평화의 땅이었음을 알랴
묵은 집터에 와르르 탕탕 포크레인 가져다 들어
검은 구들장 탁탁 부수며 번지르르 번쩍 번쩍
새 집들 척척 세워나가는 좋은 시절이다만
열서너 살 어린 시절 사태 때에 밭담 구석에 숨어
집 앞으로 뒤로 군인들 산사람들 들쑤시던 걸 보던
아이
이제 다 늙은 할망 되어 먼 올레서 지켜보고 있으니
세상살이 참 요상하고 인심은 무심도 하구나
저 포악한 세월을 뻔히 본 사람이 이렇게 많은데도
참으로 잘못했다고 사죄하는 이 보기 어렵고
아래로도 위로도 붙지 못한 중산간 이 마을 사람들은
신체 없이 모두 불살라 소개해버렸으니
사상이니 뭐니 아는 거 많았다면 어느 쪽으로라도
센 쪽으로 붙어 섰겠다만 주멸주멸 그러지도 못하고

그저 바람 부는 대로 햇살 비추는 대로 살던
이 마을 고운 사람들의 살육의 역사는 누가 기억하랴
새 땅 사고 새 집 지어 들어온 새 제주민들아
부디 그 집터 사연이나 한 번 더 물어 듣고
그 집 자리에 떠도는 영혼들 한 번만 돌아보시라
소지 한 장 올려 그 영혼들 위로라도 해주시라

밤의 명령

> 투쟁하며, 미움
> 높이로 버텨 놓은 법法,
> 아들아, 그것이 승리한다
> -파울 첼란

한 나뭇가지에서 다른 나뭇가지에로
함께 날아오르며 터져 나오는 목소리들
저 참새들처럼 명랑하게 말하라 동요를 부르던 아이
들
그 동그랗고 깨끗한 입으로 말하라 잠긴 방 안에서
타 죽은
함께 부둥켜안고 문 쪽을 바라보던 여공들 벌린 눈
으로 말하라
동굴 속에서 마지막 빛나던 검은 눈동자여 아직도 말
못하는 흰 산의 울음으로
살려달란 말 대신, 미안하다… 사랑한다, 말한 아이들
의 마지막 메시지처럼
손가락으로 말하라 짓이겨진 손톱으로 말하라 숫자
가 아니라 돈이 아니라
그 한가운데를 질러가며 말하라 소름 돋을 줄 아는 맨
살의 정직함으로 말하라

중천엔 슬픈 달, 개가 짖고 늑대가 울부짖는다

두 개의 기둥 사이 떠오르는 아침 해의 기억으로 태풍 속 한 점

고요한 눈으로 말하라 대지를 휩쓰는 부황 뜬 세계 바다를 넘어

사막에 천막을 세우는 집 없는 자들의 떠는 손으로 말하라 영문 모르고

젖가슴에서 밀쳐진 가시 둘러쳐진 아기 돼지의 입으로 말하라

풀 비린내로 말하라 밟힌 꽃의 즙, 입 없는 것들의 입으로

말하라 대신 말하라 아직 세상에 없는 나라의 말

내 눈감는 시간, 네 눈물에 젖은 내 입술로

마지막 순간인 듯 지금 말하라

별도봉, 찔레를 품다

별도천 흘러가다
물 고여 앉은 곤을 마을
멸치 후리던 소리
메아리로 남았다

불발탄
기억을 더듬어
묵념하는 그 당집

슬픔에 슬픔을 더해
가슴속 일렁이던
붉은 꽃 피다 지다
흰 재로 남았다

저 찔레
바다를 거슬러
별도봉을 품었으리

두 개의 한라산

제주에 가면
두 개의 한라산이 있다
하나는 70년 전에 죽은 영혼을 품었고
다른 하나는
그들을 기억하는 마음을 안고 산다
산을 오르면 내려와야 하는데
끝내 내려오지 못한 사람들
해마다 이맘 때면
산자들이
산 이곳저곳에 한라산을 뿌린다
그런 날이면 한라산은
한라산을 온몸으로 받아들여
70년 한恨을 풀어놓는다
한라산은 그렇게 한라산을 만나
기일忌日을 보내고 있다

오늘은 4·3

오늘은 4·3
제주에 노란 유채꽃 피고
붉은오름에 샛바람 몰아치겠네
바다는 검푸르고
한라산 긴 울음 울어예겠다
북촌 애기무덤가에
흰 제비꽃 피고
깊은 속 그리움도 산방산을 넘어가겠다
오늘은 4·3
외돌개 하늘가에 혹등고래도
솟구치겠네.

속솜허라 3
-얼케 동산

죄 있는 자 사하니 숨지 말고 나오라
마을 소사 댕글댕글 종 흔드는 오전 열시
빈 들녘 모슬포 바람 고개를 갸웃거려

오늘 58명 천당 간다 마지막 말 하라
키가 작은 고 형사 호명하는 이름들
포승줄 손 묶인 천당표 대리표도 팔더라

누구의 지령일까 섬 바람 울고 가는
형 대신 아우 죽고 아들 대신 부모 죽는
대살의 슬픈 비애로 남쪽 하늘 붉어라

이마

사위어가는 목숨의 이마 위에 손을 얹을 때
마지막 따뜻함이 끝나면 최초의
차가움이 되어서 떠나리
당신은 이제 집도 식구도 설움도 없는
한낱 투명이 되리 왜 공허는 천 개의 형상인가
당신은 잘 우는 습성만 물려주고
차가워졌네

나는 막바지의 숨을 여러 번 봤네
세상은 병상이었고 탈상이었네
산으로 쫓겨난 사람들도, 물에 잠겨 살지도 못한
사람들도 핏줄이었네
작디작은 한 사람 한 사람을 뉘여보면 그것이 역사
라고
당신들의 이마 하나하나를 짚어보면 그것이 평전이
라고

모든 사람은 업혀서 키워졌고 업혀서 사라지네
산밭을 헤집던 칠십 년 전 여자의 아우성과

포대기 속 아기 울음도 사라지네
누구나 사라지지만
오, 일찍 쓰러진 자들은 반드시 돌아오네

물을 적셔 당신의 이마를 닦고
머리칼을 넘길 때
이마 한번 만져주지 못하고 사라진 사람들이
앞서 눈을 감고 있네
피멍 진 얼굴로 눈을 뜨고 있네

당신의 마지막 이마를 짚을 때
누군가의 누구나의
더 서러운 이마도 내 손을 잡아당겼네

강알* 터진 옷

1953년 네 살 때, 나는
어멍과 신효지서에 살았다.
그때 나는 학교에 버려졌다.
책도 선생도 벗도 없는 학교에
그래도 어멍은 맹모孟母처럼
나를 학교에 보냈다.

동네 하르방들 나를 보면,
"자이 보라. 자이 눈! 눈에서 광채 남쩌!" 하던
늘 강알 터진 옷 입었어도
어른들이 칭찬하던 아이.
'강알 터진 옷 입은 지서주임 아들'이라 부르던 나는
어머니가 아버지와 살아보려 신효 오며,
형들 입던 헌옷 가져다
터진 데 깁고, 어떤 곳은 더 뚫어 만든 옷
똑똑한 아이 울보 만들던 옷
맹모를 닮을 수 없는 어멍 때문에
학교에서 종일 살아도 학생이 안 되고
'강알 터진 아이'가 됐던,

그 시대의 불행한 아이,
그때 내 교육을 맡은 맹자 누나는
언제나 어멍의 말을 듣고 실천했다.

맹자야. 무벵이 학교에 데려가 같이 놀다가
날 저물면 지서에 데려다주고 가라.
용돈도 줄 테니 경 허라 이? 예.
학교가 휴교라 집에서 놀던 초등 4년의 옆집 누나는
어멍이 준 10환짜리 몇 장에
아침마다 나를 학교에 데려갔다.

성읍리 살던 세 살짜리 아기,
족은 어멍 무릎에 앉아 호강하며 곤밥 먹던 나는
신효에 와 처음 학교에 갔는데,
선생은 없고, 문 닫은 학교에서 얻은
강알 터진 아이의 누더기 된 기억 속에는
맹모가 세 번씩 아들 공부 시키려
세 번이나 옮겨 찾아낸 학교 아닌
우리 어멍이 이름만 맹자인 동네 아이와

신효지서 길 건너에 있었던 학교 보내
한나절을 살게 했던
네 살인 나와 초등 4학년 맹자 누나의
4·3시대 버려진 아이들의 학교
초롱초롱 눈이 빛나는 나의
강알 터진 옷처럼 초라한
4·3 그때 무등병의 학교였다.

기억나는 신효초등학교는
이 마을 저 마을서 어른들 떼 지어 모여
출석도 부르고 훈련도 받고,
찰칵하는 방아쇠 달린 낭총 들고
"우리는 민병대다." 군가를 부르던 연병장.
훈련인지 점호인지 뭔가 폐허의 세상을 가르치는
정말 배설이나 잘 하고 오라고 보낸
놀 것 없는 학교였다.

거기서 어른들이 잘 운다고 놀리며
나를 울보라 불렀다.

훈련받던 어떤 이는 가슴에 달린 이름표에
계급을 붙여 무병을 '무등병'이라 불러주었다.
그리고 이름만 맹자인 누나와 어멍에게서
허망하게 맹자를 배우던 지금의 바탕이 된 무벵이, 강
알 터진 옷 입은 무벵이.

무벵아.
동네 할망이 물으면
반소매 웃옷에 '무벵이'엔 헌 이름 붙인,
'강알 터진 옷' 입은 아이 마씸?
"저 디 학교 가면 잇수다." 허라.
하면, 흙에 뒹굴당도 집은 찾아온다.
지서 주임 아들이었던 눈이 빛나는 나를
이름표에 문무병이엔 쓰여 있고
강알 터진 옷 입은 아이 봐지민
지서에 데려다줘서 하는 것으로
나의 사회 공부는
강알 터진 옷밖에 없었으니,
기억 속의 나의 존재는 '강알 터진 옷 입은 아이'.

그것 뿐이다.

그 후, 나는 신화 속에서
나의 본질을 새로 배웠다.
어멍이 묵은 각단밧에 문드려분 아이라는 걸,
시대의 피부병에 곪아
일뤠할망 마레섬 귀양 가며 문드려버린
길 잃어 우는 아이라는 걸,
강알 터진 옷 입은
민병대의 뒷줄에서 비새같이 울던
어른들 웃기는 눈물범벅의 무등병.
내가 울면 사람들이 웃는
꼭두각시 민병대의 무등병
그 시대의 헐벗은 아이,
'강알 터진 옷' 입은 아이,
고운 옷을 한 번도 입을 수 없는 제주의 막내,
그래서 어멍은 나를 불쌍한 동녕바치로 만들어
학교 무뚱에 버려놓고 갔던
땅바닥에 잘 둥글게 강알 터진 옷 입히고,

여기서만 놀암시라 허멍 던져버리고 간 아이
파란 콧물 풀짝풀짝 허멍
학교 운동장에서 혼자 놀던 아이,
세상은 헐벗고 사람들의 삶은 의미 없고,
가난과 방치로 무관심한 공터에 버려져
어김없이 똥 싸고 울고
오줌 때 강알에 검은 지도 그리던
강알 터진 옷 입은 아이, 그때 그 아이의
1953년 강알 터진 세상,
사랑 없이도 살아왔던 세상을 그려본다.

*사타구니

울혈비鬱血脾 죽음에게 바침

명백히 다른 이승과 저승 사이에서
총알에 뚫리고 죽창에 찢긴
내 나이 일흔

골고다 언덕을 넘던 아재가 있었고
까마귀 제사에나 보던 얼굴도 모르는
형과 누이도 있었네

저 푸른 지탱을 우리는 기억하오
저 묘비에 이름자 다오

어쩔거나 어쩔거나
하 세월 아프잖데
하 세월 푸르잖데

4·3 그 다음 날

밤새
난바다가
지켜낸 외등 하나

왕벚나무 그늘 아래 비린내로 나앉아

낱낱이
옥돔 비늘을
훑어내고 있었다

나라가, 나라가!

지난밤에 꿈을 꾸었네.
나라가, 나라가!

쫓아오는 꿈이었네.
황당했네. 나라가, 나라가!

나를, 죽이려하다니
도망가기는커녕

움직여지지도 않아
숨쉬기도 힘들었네.

나라가, 나라가! 나를 덮쳐
물에 빠진 두더지가 되어

빈지기 눈만 슴벅였네.
가슴만 터질 듯했네.

나라가, 나라가! 소리 없이

외치다가 꿈을 깨니

TV에 수장된 나라가, 나라가!
붉은 헛바닥을 타고

몸에 두른 태극기에 묻혀
나라가, 날아가고 있었네.

잔인한 비문

산 자의 지문으로 죽은 자의 침묵을 써왔으나
죽은 자의 노래로 산 자의 슬픔이 위로받으려니

봉인된 돌이 있다
쓰이지 못한
새기지 않은 이름이 갇혀 있는,
살아서는 낙인 붉은 사람들의
뼈와 살로 화석을 이룬
이를 악물고 그을린 울음 같은 비가 있다
거기 떠난 자의 다홍빛 명정에
흰 글씨를 써넣어야 하는가
지박령의 검은 이름표 블랙리스트로
탕탕 저격해야 하는가

백비*, 부를 수 없어 말문을 닫은 묵비
때가 되었다 누워 있는 돌이 일어나
사람의 말로 외칠 것이다
증언되리니 아비와 그 어미와
아이들의 한라산이 매장당한 근대사

참으로 지독하고 잔인했던 평화의 피가

* 제주 4·3평화공원에 있는, 아직껏 4·3의 올바른 이름을 얻지 못해 새기지 못한 비석.

길가의 꽃들은 하나둘 피어나고
-4·3 레퀴엠

어둠 속 눈부시게 흐르는 강물을 보았지. 강둑에 앉아 지상의 마지막 빛들이 어떻게 사라지는지를 보았지. 먼 산의 공제선에 걸린 검붉은 노을마저 어둠에 묻히고 세상에서 사라지는 것들이 사무쳐오는 시간, 이 어둠 속 깊은 궁륭의 끝으로 사라진 이들은 어디서 무얼 하고 있을까. 한 떼의 새들은 달빛에 일렁이는 잔물결을 거슬러 오르는데, 나는 풀숲을 거닐며 오래된 길 하나를 보았다. 사라짐도 슬픔도 아름다운 길. 사는 일이 속절없는 것은, 길이 아니라는 걸 알면서도 사람들은 그 길을 가고, 계절이 오면 그 길가에도 꽃들이 하나둘 피어난다는 것이다.

눈

눈은 생겨났다

눈이 슬퍼서, 라고 누군가 말했을 때

다섯 개 열 개 스무 개의 눈을
나는 가졌다

날이 갈수록 눈은 더 늘어나 겁도 없이

눈은 보았다
도처의 눈을
도처의 눈과 눈이 마주쳐 우는 광경을

나의 눈은 보았다

휴지통 속 웅크린 작고 검은 눈동자를 한참 들여다
보다
나를 버리고 오는 일이 잦았다

눈이 슬퍼서, 라고 나는 말했다

스무 개 서른 개 마흔 개의 눈이
나를 가졌다

하염없이
슬픔이 나를 바라보았다

심해

선생님 잔소리가 심해졌다

얘들아 물놀이 조심해라
차 조심해라
오토바이 타지 마라
공사장 근처 가지 마라
밤늦게 다니지 마라
자전거 탈 때 조심해라

숨쉬기가 힘들 정도다
선생님 말 듣는 게 싫다
가만히 있기 싫다

잔소리를 들을 때마다
마음이 무거워져
깊은 곳으로 깊은 곳으로
자꾸만 가라앉는 것 같다
창문을 깨고 나가고 싶다

2014년 4월 16일 이후부터다

고백

제주시 칠성통으로 이사온 지 몇 년
산지천을 지나 동문시장과 지하상가 주변 무심히 오
갔던 길에
70년 전 토벌군의 광기를 피해 간 산속 토굴에서 말
살 당한
백성의 자손이 길바닥에 앉아 감자며 푸성귀를 판다

차량 정체로 번잡해진 중앙대로에서
탑동 매립지 보룡약국 들어선 해안가 어디까지
불법대학살 살육의 흔적 덮은 흰 광목홑청이
끝 간 데 없이 검붉은 핏물 들었다고
그랬었다고
살다 보니 집만 나서면 유적지 아닌 곳 없어
비로소 미친 역사 들여다뵈는 육지것
한라산 사철 절경과 수백의 오름과 오름 사이
바다와 밭담과 하늘과 바람 사이
불에 타 지러져 사라진 집과 고향 마을을 찾아 떠돌며
일 년 중 제삿날 곤밥* 손꼽아 기다리던 자식들 생
사 안부를

제삿밥 올리는 손으로 확인하는 원혼들, 그들의 통곡이
　긴 겨울을 수십 년 지나 왔으니 잦아들고 있다 할 수 있을지
　평화로운 공원에서 고요히 잠들었다 할 수 있을지

　토박이 사람들은 데면데면하다고 계속 떠들고 다닌다면
　자식이자 어미인 나도
　시를 놓고 사는 수밖에

* 쌀밥의 제주어

위미리 동백

작은할머니는 홀어멍이었다

동백이 필 때면
누군가 다녀간다고 했다
방 앞에 녹지 않는 발걸음이 남아 있었다

아버지의 고향 마을에선
홀어멍이 많았다
제사가 같은 날이라 울음도 깊었다
산 자와 죽은 자가 함께 울어
꽃이 핀다

위미 작은할머니도
쪽진 머리 동박 기름 곱게 바르고
칠십까지 작은할아버지 제사를 올렸다
제삿날이면 동백이 더욱 붉었다

산으로 간 사람은
한라산에서 총을 맞았다는

붉은 피가 전설처럼 진했다는
아버지의 이야기를 듣는 밤이면
동백이 뚝뚝 졌다

작은할머니를 묻고 돌아온 저녁
아버지는 안주도 없이 찬술을 드셨다
자식이 귀한 작은할머니는
내 아버지를 아들처럼 아꼈던 사람
임종 전에 정신을 놓으셨다
어린 아버지를 숨기는지
새벽에 아버지 이름을 자주 부르곤 했다
산사람이 온다며 속옷 차림으로 집을 나서기도 했다
할머니를 찾아 가족이 골목을 누빌 때면
산사람이 귀신 형상으로 함께 밤길을 떠돌았다
할머니의 꿈이 땀에 젖어 있었다

잠든 아버지의 이불을 덮어드리다 보았다
아버지 등에서 피는 동백꽃을
떨어져도 붉은빛을 놓지 못했다

새벽을 치며 떨어지는
쇠 종 같은
동백

만장한 꽃을 베면 또 다른 얼굴이 있다
밤이 다 붉었다

스냅 사진

-곤을동*

불연성 기억만 남아 있다
꽃 한 송이 피지 못하고
무성한 잡초들이 바람을 잡고
안간힘을 쓴다

마을 입구 첫 집 가족이 있었겠지
저 끝 집에도 형제가 살았겠지
안드렁물**을 길러
어깨 높이의 담벼락을 지나며
마을 이야기를 얼마나 반복하였을까

수많은 꽃 피고, 지고하였건만
파도는 불순한 반복으로 절망한다

*제주 4·3 유적지.
**주민들이 이용한 식수터.

곶자왈 동백이 토틀굴로 흘러들 때

사월에는 아무 말 없이
눈물 젖은 그대 손을 잡고
붉은 동백 멍울멍울 울렁이는
곶자왈 동백숲 거닐라네

귓속에서 토틀토틀 이명으로 우는 소리
그대 먹먹한 탄식을
내 고이 안고 걸으리니
상처는 아물어서
더욱 붉은 동백꽃아 피고 또 피거라
그대 애절한 생 깊숙한 동굴
속으로만 아방 어망 외쳤는가
뿌리들이 길 위의 길을 걸으며
동백꽃 피우고 다시 발등으로 껴안고
우리도 동백꽃으로 함께 피어서

눈물 길 다 보내고
죽음을 길어 올려
새 동백 송이 숲에 가득 피니

토틀굴에 동백꽃 향기가 고이네
가슴에 동백꽃 등불 달고
오늘 우리 어디레 감디?

사월에는 아무 말 없이
제주의 오름도 한반도의 산맥도
곶자왈 동백숲에서 만나리
눈물 젖은 그대 손을 잡고
사월의 젖은 바람 일으켜
한라에서 백두로 뜨거운 동백꽃 피울라네

알앙 골아줍써

무자년 그날
남편과 젖먹이 아들 앞세우고
독신으로 살아온
마리아 자매님이 최근
평신도들의 입방아에 올랐다
교회가 정한 형식과 제도마저
깡그리 생략했을 법한
초고속 고해성사 때문이다
목마른 놈이 우물 판다고
억측 참다못해 이유를 여쭸다가
맥없이 주저앉은
신도 분명 나처럼 눈물바람일

성호 그서그넹
사는 게 몬딱 죄 아니우꽈
신부님 알앙 하느님께 골아줍써

팽나무

뱉어낸 말마다 죄악이라서
입술을 꿰맨다.
춘사월이어서
벚꽃은 하르르 눈부시고

절망에서 희망으로
희망에서 절망으로

파도타기에 빠진 사람들 틈으로
겨울 해풍에 밀려온 혼백들
죽창에 찔린 채
하구洞口 쪽 못갖춘마디에서
거꾸로 매달려 겨운 숨쉴 때

새가 노래하고 떠난 허공은
녹슨 과거일 뿐이지만
죽지 못해 붙박인 나에게는
들판과 바다를 잊지 못해
부르고 싶은 무자년 검은 음계

묵언을 속울음의 결정이라 위무하며
한모살* 깊숙이 가슴을 묻고
혀를 차곡차곡 포갠다.
춘사월이어서

*표선해비치 해변(백사장)을 칭하는 토박이 말.

바람의 행장

제주의 숱한 오름들에
처음 이름을 붙여준 이는 누구였을까
지금 이곳엔
꽃들의 모가지가 뎅강뎅강 끊어져서
능선엔 흰 피들로 낭자하고
나는 가슴 아픔을 간신히 달래볼 요량으로
이곳에 왔는데
가는 곳마다
등 돌린 그대의 얼굴
오름 저 너머로
검정 고무신 벗어놓고
고 부 좌 양 강이라는 성을 달고
한칠, 영석, 용득, 용우, 문호라는 이름을 가지고
돌비석에 한글 석 자로 남은 그대여
지금 당신과 나 사이
꽃과 인간의 사이
그대의 육신은 말똥처럼 구르다
가루처럼 흩어져
지금 내 몸을 만지는 바람가루가 되는가

그대여
바람만이 호명하는 이름이여
내 가슴에 새겨진 사랑이라는
최초이자 최후인 언어여

별을 찾아서

소백산 풍시로 별을 보러 간다

별과 별 사이에 숨은 별들을 찾아서
큰 별에 가려 빛을 잃은 별들을 찾아서
낮아서 들리지 않는 그들 얘기를 듣기 위해서

별과 별 사이에 숨은 사람들을 찾아서
평생을 터벅터벅 아무것도 찾지 못한 사람들을 찾아서
작아서 보이지 않는 그들 춤을 보기 위해서

멀리서 큰 별을 우러르기만 하는 별들을 찾아서
그래서 슬프지도 불행하지도 않는 별들을 찾아서
흐려서 보이지 않는 그들 웃음을 보기 위해서

사람과 사람 사이에 숨은 별들을 찾아서
사람들 사이에서 사람이 다 돼버린 별들을 찾아서
내 돌아가는 길에 동무 될 노래를 듣기 위해서

히말라야 라다크로 별을 보러 간다

나는 그저 한남댁이올시다

출근한 남편이 느닷없이 사라졌소이다
느닷없이 무장대 가족으로 몰려
등에 업힌 딸아이와 함께 갖은 폭행과
수치스러운 고문 끝에 느닷없이 징역형을 받고
무자년도 저무는 어느 날
딸내미와 함께 포대기도 모자라 포승줄에 묶여
느닷없이 제주에서 나는 사라져갔소이다
장독으로 다리가 썩어든 딸아이는 전주형무소에서 사
라지고
아이는 또 어떻게 생겨났는지요
배 속에 든 애기와 나는 전주를 떠나
멀고 먼 안동형무소로 사라져갔소이다
사라지고 사라지고 사라져갔소이다

꽃 피는 춘삼월 안동형무소
배꽃 솎는 노역으로 낙동강 건너 다녔소이다
마른 내만 보던 눈에 강은 어찌 그리 넓고도 깊던지요
감귤꽃만 따던 손에 배꽃은 또 어찌 그리 부드럽던지요
그만 이쯤에서 백 번이고 천 번이고 사라지고 싶었으나

배 속에 든 것도 생명이라고 명줄이라도 쥐여주려고
기축년 시월 차디찬 감방에서
도두댁이 받아준 딸내미 받아 안았지요

동짓달 만기 출소하여 어찌어찌 서귀포로 돌아갔지만
남편은 여전히 사라지고 없고
시댁도 불에 타서 흔적도 없이 사라지고 없고
갓난아기도
세상에 태어나 감귤꽃 한 번 못 보고 사라졌소이다
여릿여릿 배꽃 같은 숨을 놓고 이름도 없이 사라져갔
소이다
사라지고 사라지고 모든 것이 사라진 어느 날
맥을 놓은 손을 잡아준 어느 손에 이끌려
한남, 하고도 남원, 남원, 하고도 서귀포, 서귀포, 하고
도 제주
느닷없이, 모든 것이 사라진 섬에서 나는 사라져갔소
이다

1948*

그 시간 그 계절 그 공기 그 삶 속에
난데없이 쏟아졌던 혼돈
길게 내뿜어진 붉은 숨소리들
소름 끼치게 붉어졌던 사람들

모든 것을 담아낸 바다
모든 것을 품은 한라산

살아 있는 사람들과 섞여
기록된 말이 된 사람들

이유도 없이 붉었던 섬은
별이 빛나는 푸른 섬이 되려 한다

모든 이들의 미래가 되어

*목요일로 시작하는 윤년이었고, 대한민국 정부가 수립되었고, 대한민국 국회가 생겼고, 대한민국 헌법이 공포되었고, 올림픽을 처음 출전하였고, 유엔에서 세계인권선언문이 채택되었고, 여수·순천 사건이 일어났고, 전태일이 태어났고, 마하트마 간디가 사망했고, 제주 4·3 사건이 일어난 해.

깊은 일

그날 이후 누군가는 남은 전생애로 그 바다를 견디고 있다

그것은 깊은 일

오늘의 마지막 커피를 마시는 밤

아무래도 이번 생은 무책임해야겠다

오래 방치해두다 어느 날 더 이상 존재하지 않는 어떤 마음처럼

오래 끌려다니다 어느 날 더 이상 쓸모없어진 어떤 미움처럼

아무래도 이번 생은 나부터 죽고 봐야겠다

그리고도 남는 시간은 삶을 살아야겠다

아무래도 이번 생은 혼자 밥 먹는, 혼자 우는, 혼자 죽
는 사람으로 살다가 죽어야겠다

찬성할 수도 반대할 수도 있지만 침묵해서는 안 되는

그것은 깊은 일

돌가기*

지붕 위로 노을이 졌었지
각지불보다 더 환하게
초가지붕마다 불이 타오르고
가슴이 돌각돌각 까맣게 타던 날
감나무에 달린 감들이 유독 붉다고 생각했었다
노을이 비치는 곳마다
재가 매서운 바람 따라 어지러이 날리던 날
폴폴 함박눈이 내렸지
돌각돌각 돌가기 길을 걸어
금방 돌아온다고 뒷걸음으로
낯설은 동네 처마 밑을 찾아가던 날
댓잎들이 서걱서걱 비벼대고
까마귀들 쪼아 먹던 감이 툭 떨어졌다

*어음 축협 공판장 위편에 있었던 마을.

피뿌리풀꽃

뿌리에 흐르는 피 끌어올려
꽃소리로 나를 말하겠네
뒤안길엔 아린 무자년도 있지만
속세의 각다귀판은
가풀진 오름 깊이 묻었네

제주 민중의 피가 이리 곱게 사붉었네
노을도 부끄러워 조용히 눈 감는데
누구든 내 핀 가슴 보면
먼발치서 애간장만 태우시게

저 하늘에다 대고 청정하지 못한 사람
그 가슴패기 함부로
날 만지려 들면 나는
온몸 피 다 쏟아내며
오름 비탈에 눕고 마네

과거에 묻힌 이름

섬에
폭설이 그친 날

산 쪽 아이들과 바다 쪽 아이들이
각명비를 사이에 두고
눈싸움을 한다

뒤에 숨은 산아이들이
눈송이를 뭉치는 동안 각명비는
방패가 되어준다

쏟아지는
눈의 총탄들

하얗게 묻히는 각명비 위로
겨울 햇살이 비춘다

눈이 녹아 흘러내리자
과거에 묻힌 이름들이

솟아나 운다

꿩을, 풀다

뭔 말 한들 이 봄날 맘 상할 일 있겠는가
발 없는 말 천 리 가듯
발 없는 말 천 리 오듯
내 굳이 그대 마음을 모를까 봐 그러나

총신을 거두시게
입덧 난 연두빛 앞엔
중산간 구억국민학교*
마주 앉은 산과 바다
누구도 조국이란 말 함부로 안 뱉었다

팻말도 하나 없는 그 터에 내가 들어
대답하라 청춘아
대답하라 청춘아
온 들녘 꿩 풀어놓고 혼자 울다 가는 노을

* 4·3이 발발하자 김익렬(국방경비대 9연대장)과 김달삼(인
민유격대 사령관)이 4·28 평화 협상을 했던 곳.

표석 앞에 서다

무자년
원혼들이
올레길 산길 돌아
거친오름 자락 등 굽은 느티나무
굴곡진
나이테 돌아
새싹으로 피어나는
4월의 평화공원*
신원의 꿈 등에 진
9순길 어머니와 7순의 유복자가
연둣빛 잔디밭 너머
표석 앞에 서다

뼈 하나 찾지 못해
새겨진 이름 보며
뭣이라,
한마디 말이라도 해야겠는데
후, 하고
터지는 한숨

눈시울만 붉어지는
술 한 잔 올려놓고 절하는 아들 보며
쌓이고 쌓인 한恨이 한 겹이라도 벗겨질까
이제는
많이 용서했다고
흠향歆饗하고 가실까

그만 돌아서다 돌비에 손을 얹고
'다시 못 올 것 같아요 하늘에서 만나요'
어머니 젖은 목소리
명치끝이 아리다

*이곳엔 4·3 사건으로 행방불명된 표석 3806기가 서 있다.

토끼 사냥

아주 어렸을 때, 동네 형들이랑 산토끼 사냥을 자주
다녔어요 눈이 한번 내렸다 하면 이듬해 모내기철이 돼
야 겨우 녹아내리는 첩첩산골, 겨울날, 먹이 찾아 나섰
던 토끼는 이리저리 도망 다니다 결국 제 집으로 들어
가고 말지요 제 무덤 파는 줄 모르고 들어간 토끼 굴, 우
리는 굴 입구에다 검부적을 놓고 불을 피웠지요 연기를
견디다 못해 뛰쳐나온 토끼를 지게 작대기로 사정없이
패 잡곤 했어요 눈이 커다란 토끼는 비명도 없이 피눈물
을 흘리며 죽어갔지요 그날 저녁, 오두막 정지에는 무우
숭숭 삐져 넣고 신김치 썰어 넣은 토끼탕 냄새가 들척지
근 퍼져 나갔는데요,

그렇게 많은 생명을 잡아먹어도 온갖 들짐승 산짐승
천지에 자유롭게 뛰놀던 아름다운 강산에 전쟁이 일어
나 토끼몰이가 벌어졌다는데요, 제주, 대전 산내, 무주,
거창, 남원, 합천, 임실, 문경, 영동, 경산, 여수, 순천, 지
리산, 밀양, 성주, 서울 같은 곳에서 연기를 참지 못한 사
람들이 뛰어나오고, 개백정들이 나래비로 무차별 난사
를 했다는데요 도망 나오지 못하고 굴속에서 총알을 맞

은 사람들 가슴에는 붉은 피가 뭉클뭉클 쏟아지고, 그
피 흘러 저녁놀 되어 떠돌고 있다는데요, 하긴, 이 땅에
아프지 않은 곳이 어디 있겠어요

　부산 마산 앞바다 붉게 물들이고 광주의 피, 아직 마
르지 않았는데……,

　MB, GH 정권과 하수인들이, 서울 한복판 촛불 든 토
끼들에게 최루액과 물대포와 방패와 몽둥이를 든 사냥
꾼이 되어, 이 골목 저 골목 토끼몰이를 하고 있다는군
요 현상금에다 마일리지까지 선물을 듬뿍듬뿍 안겨 준
다는데요, 비정규직 토끼들, 불법 체류 외국 토끼들, 철
거로 쫓겨나 집 없는 토끼들, 문 닫은 공장 토끼들, 옥
상 망루에 올라가 밥 달라 울부짖는 토끼들, 농사짓는
토끼들, 고기 잡는 토끼들, 장애를 가진 토끼들, 홀몸 노
인 토끼들, 소년소녀 가장 토끼들, 하루 벌어 하루 먹는
토끼들, 일본군 성노예로 끌려간 토끼들, 수학여행 가
는 길에 산 채로 수장당한 토끼들, 세상 힘없고 돈 없고
빽 없는 토끼들을 한쪽 굴로 몰아넣고 휘발유, 신나 섞

어 불 피우고 있는 사냥꾼들이 아직도 길길이 날뛰고
있다는데요,

오늘의 달력

어제의 꿈을 오늘도 꾸었다
사실 오늘의 꿈은 내일의 어제

아무도 위로할 수 없는 절망의 바닥을 보았다
바닥 밑에 희망이 우글우글 숨어 있을 거라고 거짓
말했다

한 장을 넘겨보아도 똑같은 달의 연속이었다
못하는 게 없다는 것보다 어쨌거나 버티는 게 중요
했다
바닥 밑에 바닥 그리고 바닥 밑에 바닥이 있을 뿐이
라고

그럼에도 불구하고 우리는
바닥에 미세한 금들이 소용돌이치는 것을 보았다

바닥의 목소리가 뛰어올라 공중에서 사라질 때까지
당신의 박수 소리가 하늘 끝에서 별처럼 빛날 때까지
오늘도 한 장의 달력을 넘기는 것이다

우리에게 일어나는 슬픔은 겨우 손톱만큼의 조각이
며
　　당신의 애인에게서 내일의 꿈을 들었다

분신焚身

-소화기

일생을 가장 후미진 곳에서 싸늘하게 보낸 자가 어찌 불을 끄랴,

그냥 죽으리라

활활 타오르는 불꽃을 바라보다가, 난생 처음
걷잡을 수 없이 번지는 불길을 넋 놓고 바라만 보다가
끝내 그 불길에 휩싸인 이가 있다

고물 장사가 새까맣게 타 죽은 소화기를 고철 더미 위에 던지고 간다

바람, 의 묘지
-제주 4·3항쟁에 부쳐

바람이 죽어서 가는 골목, 바람이 분다……살아야
겠다*

사랑이 죽어 날아가는 허공, 바람이 분다……살아
야겠다

그리움 죽어서 더한 그리움, 바람이 분다……살아
야겠다

너머 너머 암흑 너머, 바람이 분다……살아야겠다

적막타 제주도 윤슬 바다, 바람이 분다……살아야
겠다

바람 깃털로 휘날리는 하루가 떠오른다 동그란 열애

*폴 발레리의 시에서.

한라산 동백꽃

수많은 입들이 피었다.
어둠 속에 묻어두었던 이야기
또다시 들려주고 싶었던 것
한순간 목이 뎅강 잘려
깊은 나락으로 떨어진다 해도
할 말을 못 하고 죽은 이들의
그 할 말을 속 시원하게
다 해주고 싶었던 것

수직으로 떨어져 흙빛으로 물든
그때의 목숨들의 한이
자꾸 발에 밟힌다.

복원

　구례 사는 김인호 형이 지리산 반달가슴곰 이동 경로
가 희한하게도 한국전쟁기 빨치산들의 그것과 유사하
다는 국립공원관리단 종복원기술원 생태 지도를 페북
에 올렸는데, 70여 년 전의 옛길을 곰들이 찾아냈다는
것도 신기하지만 그들이 뚫고 다니는 길이 섬진강 건너
구례군 문척면 간전면을 지나 광양군 백운산까지, 그리
고 반야봉을 훌쩍 건너뛰어 남원시 주천면, 경상남도 산
청군 생초면, 거창군 신원면 봉산면 묘산면을 거쳐 김천
시 수도산까지 점점이 이어져 있으니 인간이 이루지 못
한 꿈을 곰의 두둑한 발들이 대신 쓰고 있다는 생각이
들어 이 아침 문득, 가슴이 서늘해지다.

하얀 평화

폭 폭 설 설
폭 폭 설 설
읍 읍 면 면
동 서 남 북
서광 동광 청수 저지
봉개 오라 북촌 가시
붉게 핀
피의 분포도
생목숨
통으로 지던
꽃들이여

폭 폭 설 설
폭 폭 설 설
폭 폭 빠지고
설 설 기다
너덜너덜 나무들 오도가도 못 한 군상
그대로 얼어붙은 그해
흑백 한 컷

입산자들이여

폭 폭 설 설
폭 폭 설 설
천 근 만 근
눈 내려
송이송이
시린 넋
구름 한 장 달랑 얹어
허공을 달구질하는
중산간
까마귀 떼여

폭 폭 설 설
폭 폭 설 설
폭 폭 먹게
설 설 끓어라
소복소복 오름마다 담아 올린 저 멧밥
토벌대 무장대들도

우리 모두
한솥밥이여

떠오르는 말들

-제주4·3, 제70주년에

쌀, 쌀, 쌀, 만세, 만세, 만세 소리, 소리들로 가득한 골목, 도로, 거리, 산간, 총소리, 총소리, 탕탕탕, 탕탕

아우성, 비명, 피, 피, 피…… 군함, 바다 위, 함포사격, 폭탄 터지는 소리, 살 찢어지는 소리, 후다닥 도망치는 소리

동굴, 동굴 속에 숨어 사는 사람들, 강아지들 컹컹, 도야지들 꿀꿀…… 질그릇, 짚그릇, 감자, 감자 먹는 사람들

동굴, 동굴 입구, 치솟는 연기, 일렬로 늘어서 있는 사람들, 총 든 군인들, 총 든 경찰들, 총 든 서북청년들

나자빠지는 하얀 솜바지, 주저앉는 검정 솜저고리, 흘러내리는 피, 피, 피, 포승줄에 묶인 채 처박혀 있는 사람들

동굴 속, 낡아빠진 고무신, 녹슨 놋수저, 놋젓가락, 찌

그러진 반합뚜껑, 삭아빠진 댕댕이그릇, 흩어져 있는 뼈다귀들, 뼈마디들.

따뜻해질 때까지

끓는 물이 따뜻해질 때까지
네 입술은 아홉 번이나 휘파람 소리를 냈다
그때마다 가슴 깊은 곳에 쌓여 있던
한숨과 앙금과 부스럼 딱지가
멀리 왔던 곳으로 돌아갔다

언 손이 따뜻해질 때까지
네 입술은 스무 번이나 입김을 내뿜었다
그때마다 가슴 밑바닥에 박혀 있던
숫돌과 고드름과 대못은
너울너울 아지랑이로 꿈틀거렸다

네가 누군가의 상처에
입술을 오므리고 숨을 불어넣을 때
가슴속 피멍과 녹물은 탕약이 되고
얼어붙은 뿌리마다 봄비가 내렸다

차가움이 따뜻해질 때까지
사라진 차가움과

들끓음이 따뜻해질 때까지
잦아든 뜨거움이,
복수초꽃 얼음 숟가락에 햇살을 얹었다
검은 돌 숨비소리가 봄을 깨웠다

산전山田. 3

때죽나무 가지 위에 하나둘
날갯짓 숨기고 모여들어
석 잔의 술을 따르고
깊게 무릎 꿇어 절을 올리는
한낮의 풍경을 가만 가만 지켜보는
검은 눈동자들

청동 제사상 위 소박하게 진설된 제물들을 보며
자정의 제례가 끝나기를 기다리다 끝내
졸음을 쫓아내지 못하고 꾸벅꾸벅 조는 아이처럼
서로의 부리와 부리를 맞대고
대를 잇는 기억을 나누며
오늘을 잊지 말자고
부디 잊지 말자고

마치 환생의 순간을 보여주기라도 하는 듯
숲의 생명들이 다시 하나가 되는 날
한라산 까마귀들도 함께 음복하는 제삿날

장영춘

선흘 겨울 딸기

폭설에 갇혔다가 제주섬이 풀려난 날
무엇에 홀렸는지 막무가내 중산간 길

산노루 발자국 따라
하얗게 찾아간 길

선흘리 곶자왈에 4·3의 목시물굴
동짓달 스무엿새 하현달도 기울어

숨어든 짐승들같이
울음 참는 짐승들같이

까마귀 울음 몇 점 핏빛으로 흘렸는가
어쩌자고 이 겨울날 하필이면 예까지 와

한 끼의 허기와 같은
한탈* 몇 알 내민다

*제주에만 나는 겨울 야생 딸기.

April

> 거봐, 내 말이 틀림없지
> 저것들이 기어코 나타났잖아
> 우리가 죽인 다음 날이면 거짓말같이 치워지는 거 봤지
> ―김경훈, 「잠복」 중에서

바다 밑에서 상괭이 같은 것이 뭍으로 올라와 죽었다. 인간의 이齒 같은 것을 하고 있었다. 이를 갈고 있었다. 가난한 손부孫婦가 그것의 배를 가르고 시커먼 내장을 꺼내 먹었다. 그 말을 듣고 치매에 걸린 할머니는 무서운 소리를 내며 울었다. 4·3 때 죽은……, 하면서 횡설수설하였다.

수생동물이 바위에 긁히는 줄도 모르고 형언할 수 없는 초록의 무지개 주위를 헤매고 있었다. 섬을 부둥켜안고 있었다. 몸에서 피고름이 흐르고 있었다. 자신의 처지도 잊은 채 산으로라도 가려는 듯.

폐광을 해체하라

폭우가 며칠 동안 퍼붓고 지나가자,
뼈다귀들이 한꺼번에 튀어나왔다.
더 이상 숨지 않겠다는 뜻이었을까.
몸은 다 지워지고 뼈다귀만 남은 자존들이
폐광 앞으로 우르르 몰려왔다.
아이들은 제각기 뼈다귀를 손에 쥐고
신나는 저주를 퍼부으며 고샅을 쏘다녔다.
깜짝 놀란 어머니들은 뼈다귈 빼앗아
부리나케 들고 가 절하며 도로 던져 넣었다.

얼룩무늬 군인들이 트럭을 타고 밀려오더니
흩어져 흐느끼는 뼈들을 다 불러 모았다.
크고 작은 뼈들이 멈칫멈칫 줄을 서자,
한 두름으로 묶어 폐광 속에 다시 처박았다.
참극의 비명이 새어 나오지 못하도록
폐광 입구를 바위로 틀어막아 봉인했다.
실체 없는 허깨비들만 오래오래 마을을 떠돌았다.
아무리 소리쳐도 헛것의 메아리였다.
혼령들은 뒤란으로 숨어들어 와 흠향하고 돌아갔다.

네가 여기 있다.

네 아버지가 여기 있다.

네 어머니가 여기 있다.

네 아이가 여기 있다.

네 미래가 여기에 갇혀 있다.

4·3 칠십 년, 포용의 직정들이 기어이 틈을 벌렸다.

널려 있는 폐광들의 봉인을 해체하라.

망각의 저편에서 평화를 구출하라.

오름에 새겨 넣는 문장

내가 아버지의 아버지이고 나무가 나무의 나무였다면 애초 내 맘은 불이었겠다. 귀향길 오른 화롯불이었겠다. 그러니 어머니, 아버지. 봄에 꼭 돌아온다고 했으니, 그 봄 짧은 줄 알았다. 여름이면 끝날 줄 알았는데 발밑에 꽃이 지고 또 겨울인데 여태껏 돌아오지 않는다. 가을 가고 또 빈 가을이다. 벌써 허연 서리 내린지 일흔 해, 계절은 순서 없이 오고 또 미쳐서 가고 있다.

오름 사이에 갇힌 바람, 태어나기도 전에 잃어버린 내 울음을 닮았다. 저 바람과 몸의 공명, 이 공명으로 나는 울고 이 공명으로 나는 천천히 묽어져간다. 오름과 오름 사이를 흐르는 숨결들, 그 숨결과 내 몸의 공명이 내 마음이었음을 너무 늦게 깨닫는다. 훅 불면 나가떨어질 미열 같은 날들이었다.

"이것이 중심이다."에 가닿는 순간 모든 게 사라지는 나는, 애초 '그립다'라는 말이었는지 모른다. 그렇지 않고서는 이렇게 오랠 수가 없다. 얼마나 더 오래도록 건너야 이 '그립다'는 말 한마디 다 건널 수 있을 것인가.

마음의 일이라는 것을 알면서도 앓는다.

왜 이리 처음 가보는 골목과 사거리가 많은 것인가. 오늘도 처음 가보는 낯선 골목과 네거리에서 서성거리는 밤, "마음보다 몸이 더 먹먹하다."라는 문장을 오름 사이에 쭈그리고 앉아 생각한다.

낡은 전화기 속에서 "아빠, 왜 빨리 집에 안 와?" 하고 일곱 살 아들이 내 귀문을 단숨에 열어젖힌다. 머뭇거려서는 안 되는데, 빨리 집으로 돌아가야 하는데

'돌아간다.'라는 말이 너무 오래되어 무슨 의미인지 떠오르지 않는다. 잃어버린 것이다. '돌아간다.'라는 말은 아직도 희망이 남아 있다는 말, 아직 더 흘릴 눈물이 남아 있다는 말. 내가 떠나지 않은 오름은, 내내 말이 없다. 그립다는 표정이다.

기러기 돌아오는 한로도 어느새 지나가고 벌써 상강이다. 누군가 집으로 돌아가지 못한 송령이골*에 다시

첫눈이 내린다고 한다.

* 1949년 1월 12일 의귀국민학교 전투에서 사망한 무장대의
시신이 집단 매장된 곳.

너븐숭이*

흙은 살이요 바위는 뼈로다
두 살배기 어린 생명도 죽였구나
신발도 벗어놓고 울며 갔구나
모진 바람에 순이 삼촌도
억장이 무너져 뼈만 널부러져 있네

*제주 북촌 너븐숭이에는 4·3기념관과 애기무덤과 희생자 위
령비와 현기영의 『순이 삼촌』 문학비가 서 있다.

울음이여 오라

시간을 치는 것은 망각의 그림자
묵정밭 아래 누운 백골들엔들 붉은 숨결이 스미지 않
았겠는가
잔을 부어 하얀 울음을 대신하게 하라 시간이여
손을 들어 후두둑 떨어지는 저 근대의 함성을 바치
라 거리여
가닿을 수 없는 슬픔은
오래오래 허공을 떠돌았으니

울게 하라 가물거리는 기억을 불러서
저물 듯 일그러지는 하늘이여
갈갈이 찢겨버린
막 태어난 불순한 것들 앞에서
벌벌 떨며 울부짖는
기억을 불러내서 울게 하라

두려워 떨며 망설임과 도망칠 명분만을 뒤적이며
아찔한 청년을 소진해버린 가냘픈 늑대에게
통탄의 울음을 울게 하라 울음을 주라

울음이여 오라 멈칫멈칫 조바심 내며
저기
한달음 거리 희망이 둥개둥개 허리 춤추며
단단한 육성으로 호령하며 오고 있다
저기
같잖은 것들 허둥지둥
앞서거니 뒤서거니 썰물에 쓸려 가는 것들 후려치고
머뭇머뭇 가차 없이 오라 앞날이여

그리하여
아직 순장하지 못한 청년의 날들을
바람의 앞날과 계곡의 뒷날을 풍경 삼아 육신을 베고
실컷 울게 하라 울음이여
울음이여 오라

1948 묵은 장터

난바다 파도처럼
억새 이는 바람의 섬아

4월이 오고 또 오고 일흔 번 온다 해도
왁자지껄 한림 그 오일장 살가웠던 사람들
좌우로 흔들리던 해안선과 중산간 사이
그해 그날 함부로 당긴 소름 돋던 방아쇠

그 아들
늙은 사투리,
체 내리듯 증언한다

학교에서

다행인가
교과서와 다르게 가르치지 않아도 되니.
국정 국사교과서 반대는 교사의 양심이었지만
대통령 탄핵바람에 징계를 피했으니
그것도 다행인가

두 세대가 지난 아이들이
4·3의 넋을 만나면
왜 이제야 왔냐고, 몰라서 미안하다고
서로 껴안고 우는데
대학 입학사정관들은 이제는 그 얘기
그만 쓰라 한다

극우 1종, 중도 미명의 7종 국사교과서
어디에서도 다 읽을 수 없는 진실을 찾아
제주에서는 여전히 교과서 너머를 가르치고
수학여행 온 학생들에게 4·3평화공원은
비올 때나 가는 곳이라 한다

국정 국사교과서
단 석 줄이었던 4·3
검인정 교과서 속에 조금 돌려놓았다고
그것으로 다행인가

제주도 오름

올라가야 슬픔이 보이는 곳
머리카락 흩날리며 길어져서 가을이 되는 곳
거기 물봉선도 향유화도 용담꽃도 피어나지만
조릿대도 억새도 청미래덩굴도 자라난다지만

올라가야 아픔이 보이는 곳
창 터진 자리 죽은 자도 산 자도 한데 어우러지는 곳
왜 쏘았니? 왜 죽였니?
곤줄박이 한 마리 쏜살같이 숲 너머로 날아간다지만

올라가야 용서가 보이는 곳
붉은 상처길 둘레둘레 달처럼 둥글어지는 곳
사름들이 학살당하고 풀 한 포기도 성하지 못했지만
오르는 오름마다 말이 막히고 숨이 막혀서 한 생을
건너간다지만

올라가야 평화가 보이는 곳
하늘도 바다도 들도 산도 어우러지게 하는 곳
구럼비바위 깨어지고 연산호도 층층고랭이도 신음한

다지만

　수평선 너머 화약 냄새 진동하고 백상아리도 범고래
도 들어온다지만

　올라가야 희망이 보이는 곳
　미움도 증오도 화해가 되고 상생이 되어서 송이송이
피어나는 곳
　슬픔도 아픔도 어영나영 구릉이 되고 산록이 되고 바
람이 되고
　제주도 풍광이 된다지만 물장오리 설문대할망 비구
름 몰아온다지만

슬픈 해후

할머니 가슴팍에 동백꽃이 뭉개졌다
무자년 소개령에 신들도 침묵한 밤
그 이후 울지도 못한 동박새가 되었다

쿵쿵 군홧발보다 더 커진 심장 소리
툭 하면 가슴 쓸며 선잠 자던 할머니는
새벽녘 연초를 말며 향불인 듯 촛불인 듯

한평생 혼술 혼밥 그 누구보다 결연했던,
질기디 질긴 여정에도 끼니 한 번 거른 적 없이
두어 개 남은 어금니로 생을 달게 씹었다

천수를 누리고서야 다시 찾은 원앙금침
버선발로 지르밟은 시월의 노을 아래
멈췄던 시간을 이은 주렴발을 내린다

비정한, 모살판의 그대를 만나
-해녀 오순아 2

동지섣달 그해 표선 모살판
다닥다닥 하얀 모래 휘덮인 당신을 만났어요
서른 날에 서른 날 보태
털어내고 털어내도 들러붙던 모래 알갱이
자석처럼 스윽슥 맨살을 파고들던 그 부스럼
이제 그만 당신, 눈을 떠봐요
이제 그만 당신, 심장을 움직여봐요
한 잔 술 부으면 되돌아올까
한 잔 술 부으면 눈꺼풀 깜박일까
한 잔 두 잔 살살 당신 살에 술을 입히고
문지르고 문질렀어요
기억해요
새악시 머리 틀어 합방 한번 못 했던 초야를 보내
우리말 서툰 죄로 휘몰아친 미친 바람에
발발 떨던, 당신의
열아홉 심돌처럼 굳어진 당신을 불렀죠
포승줄에 감긴 손가락이 허공 따라 너울거렸죠
마지막 산길 돌길 꽉 잡고 넘던
끝내는 바다로 떠나던 당신

참은 울음은 그저 참은 울음이 되어
모래에선 당신의 살냄새가 폴폴 났어요
살갗에 달라붙은 검정 학생복 한 잎 한 잎
맨손으로 떼 내는 동안 아마도 나는
눈물 한 점 안 보이는 물의 눈을 썼었던가요
비척비척 모래의 눈을 단 밤이 다가왔을 때
당신은 어느새 모래바람 타고 사라졌지요
황망하고 비정한 모래밭 속 갓 스물 당신을 만나
그날의 그날, 기억해요
약속하진 않았으나
당신의 비호가 없었더라면
내 사랑 물의 집 영영 찾을 길 없었겠지요
달빛 바다 그림자로 스며든,
기어이 당신을 놓칠 수 없던

기억해요
취하지 않고 어떻게
당신을 떠날 수 있었을까요
한 잔 술 안 먹고도

온통 다 취한 양
비정한 모래밭의 밤을 건너 건너서
이제는 나 홀로 물의 집이죠

각명비

내려다보면 읽히지 않고
엎드리면 읽히는 이름들이 있다

동에서 서로 기억해야 할지
땅에서 하늘로 기억해야 할지
기억해두기 전 까마귀 울음과 함께
흩어져버릴 것 같은 이름들이 있다
봄으로부터 가장 멀리 떨어진 이름들
새벽이면 젖은 몸으로 다시 돌아와
빈 요 위에 누울 것 같은 이름들
천 개의 손으로 쓰다듬어 읽어야 할 이름들이 있다
읽고 나면 겨울이 온 육신을 누른 듯
뼈마디가 시린데도 양지로 몸을 돌릴 수 없다

물결처럼 끝없이 밀려오는 이름들로
4월 풍경이 휘청거린다

지다리 설화

　굴 속에 지다리 가족이 살고 있었다 푸새 우거진 굴, 쓰르라미 소리가 슬픔의 구부능선까지 차오르는 그곳 굴 속에 지다리 가족이 살고 있었다는 전설이 녹슨 호미나 깨진 그릇처럼 땅에 박혀 있다 아무도 전설을 얘기하지 않는 시간이 흐르고, 죽음을 구전하는 산 아랫마을에서 간혹 한밤중에 지다리를 보았다는 증언이 나왔으나 죄다 흩어지고 배체기만 무성했다 빗질작전으로 이루어진 지다리 사냥, 피 흘리며 쓰러져간 지다리들 아픈 무릎 같은 세월 툭툭 끊으며 다랑쉬 오름, 반백년을 오른다 식곗밥 먹으러 산 아랫마을로 주위 살피며 내려가는 지다리들, 유족처럼 달빛이 길을 내어준다 안개 낀 날이나 깊은 밤에 지다리 눈빛이 굴 속에서 빛난다는 전설이 살고 있다

불망기不忘記

기억을 맞출 때마다 검은 새가 지나갔다

함박이굴 이 씨 집안 막내로 태어나서 여덟 살 때, 한
날한시 아버지, 형, 누나는 산사람에게 끌려가 돌멩이
에 짓이겨져 죽고 겁결에 말귀를 잘못 알아들은 어머
니, 얼마 후 붙들 새 없이 군인들에게 총살당했다 울음
에만 의지하던 이레 낮밤 지나서 어느 비 오는 날, 흩어
진 가족 시신들을 한데 모아 어린 기억 속에 봉분 없이
묻었다 열 살 때, 친척집 눈칫밥에 배가 불러 거리를 떠
돌다가 우연히 만난 고마운 사람, 그 날들도 잠시 잠깐
기약 없이 헤어진 후

아무도 어린 입 하나 거두지 않는 섬, 떠났다

바다 저편에도 살 길은 보이지 않았다

기웃기웃 입 속에 넣을 밥알들을 찾아다니다 토굴 속
에 겨우 들어 전쟁은 피했으나 더 이상 오갈 데도 기다
릴 이도 없었다 무작정 배를 타고 갈팡질팡 발길 닿은

작은 마을 포구 앞, 뱃속 울음만 터져 나왔다 열세 살 때,
머슴처럼 삼 년을 거두어준 성씨 다른 박 씨 집안 자손
으로 다시 태어났다

　매서운 섬의 기억은 아슴아슴 지워졌다

　먹고사는 일 지는 꽃이라도 받아드는 시늉 같아서

　어린 일꾼으로 농부로 염색공장 기술자로 1톤 화물
차에 늙은 생계를 기대며 목포에서 해남으로 서울로 다
시 목포로, 제주 섬 잇는 뱃길 지척이었으나 외면했다
스물여덟, 쉰다섯, 예순여덟, 일흔넷…

　사월에 돌아다니는 풍문, 한사코 귀 막았다

　뼛속 박힌 바람도 세상 밖으로 기울어진

　일흔 여섯, 우연한 귀동냥에 솟구쳐 오래도록 술 한
잔 올리지 못한 영혼들 혹여 벌게진 위패라도 찾아질까

어렴풋 남아 있는 고향 마을 이름과 온전한 아버지 이
름 석 자만 쥐어 들고 처음 다시 간절하게 바다를 거슬
러 온 사내,

　끝없이 진땀 흐를 뿐 아무 말도 못했다

　한생 걸린 귀향길 저승 빛은 어두워서

　아버지, 어머니, 큰형과 누나의 위패를, 행불인으로
새겨진 작은형과 제 이름을 더듬더듬 떨리는 손끝으로
쓰다듬으며 여덟 살 분간으로 결박된 육십팔 년, 사내의
어깨 위로 스멀스멀 내려앉는 한 일가의 생과 몰에 혼미
하게 넋 잃어서 맥 놓고 뿌리 바꾼 통한의 세월들이, 생
바꾼 일곱 식구 마지막 얼굴들이 옛집 너른 마당에 별
자리처럼 되살아나 할머니, 아버지, 어머니, 형, 누이 그
이름들을 서럽다 애달프다 부르는 해후

　골필骨筆로 채울 수 없는 늙은 사내 불망기不忘記

돌아가지 말자

지나간 시간은 다시 오지 않는다
어제 핀 꽃이
내일 다시 피지도 않는다
시원 같은 것도 없다
움직이지 않는 대지도 없고
별빛도 바람도 눈송이도
언제나 새로 오는 것이다
과거를 머금고
옛길을 검불처럼 묻힌 채
우리 가슴에 쏟아지지만
낡은 것은 고작 우리 자신뿐
샘물은 언제나 새로 솟는다
오늘의 목마름도 어제 것이 아니다
산짐승의 주둥이를 적신 정적도 새로운 것
어제를 떨쳐야 동이 튼다
냇물이 흘러야 계곡이 넘친다
어제로 돌아가지 않아야
막 뽑은 무 같은 어제가 온다

돌아가지 말자, 공장으로
돌아가지 말자, 동상이 된 혁명으로
돌아가지 말자, 율법의 품으로

수록 시인 소개

강덕환 1992년 시집『생말타기』를 내면서 작품 활동 시작. 시집
『그해 겨울은 춥기도 하였네』 등이 있음.

강방영 1982년『시문학』으로 등단. 시집『집으로 가는 길』, 시
선집『내 어둠의 바다』 등이 있음.

강봉수 2011년『문예춘추』로 등단.

고영숙 2017년『제주작가』로 등단.

고우란 2007년『리토피아』로 등단. 시집『호랑이 발톱에 관한
제언』이 있음.

고재종 1984년 실천문학 신작시집『시여 무기여』를 통해 작품
활동 시작. 시집『바람부는 솔숲에 사랑은 머물고』『꽃의
권력』 등이 있음.

권선희 1999년『포항문학』을 통해 작품 활동 시작. 시집『구룡포
로 간다』『꽃마차는 울며 간다』가 있음.

권혁소 1984년『시인』으로 작품 활동 시작. 1985년《강원일보》
신춘문예 시 당선. 시집『論介가 살아온다면』『아내의
수사법』 등이 있음.

김경윤　1989년 무크지『민족현실과 문학운동』을 통해 작품 활동 시작. 시집『아름다운 사람의 마을에서 살고 싶다』『바람의 사원』 등이 있음.

김경훈　1993년『통일문학통일예술』로 등단. 시집『삼돌이네 집』『그날 우리는 하늘을 보았다』 등이 있음.

김광렬　1988년『창작과비평』으로 등단. 시집『가을의 詩』『내일은 무지개』 등이 있음.

김규중　1994년『시인과사회』로 등단. 시집『딸아이의 추억』『백록담』이 있음.

김문택　2001년『제주작가』로 등단. 시집『세상으로 보내는 공중전화』『내 먼 곳의 숨소리』가 있음.

김병심　1997년『자유문학』으로 등단. 시집『더이상 처녀는 없다』『사랑은 피고 지는 일이라 생각했다』 등이 있음.

김병택　1978년『현대문학』평론 등단. 2016년『심상』시 등단. 저서『바벨탑의 언어』『시의 타자 수용과 비평』, 시집『꿈의 내력』 등이 있음.

김석교　1995년『월간문학』으로 등단. 시집『넋 달래려다 그대는 넋 놓고』『카르마의 비』 등이 있음.

김　섬　2001년『동시와 동화나라』로 등단. 장편동화집『숨비소리』, 단편동화집『볼락잠수 앙작쉬』가 있음.

김성규　2004년《동아일보》신춘문예 당선. 시집『너는 잘못 날아왔다』『천국은 언제쯤 망가진 자들을 수거해가나』가 있음.

김성주　1996년『자유문학』으로 등단. 시집『구멍』등이 있음.

김수열　1982년『실천문학』으로 등단. 시집『어디에 선들 어떠랴』『물에서 온 편지』등이 있음.

김수우　1995년『시와시학』으로 등단. 시집『몰락경전』, 산문집『쿠바, 춤추는 악어』등이 있음.

김순남　1993년『문학세계』로 등단. 시집『돌아오지 않는 외출』『그대가 부르지 않아도 나는 그대에게로 간다』등이 있음.

김순선　2006년『제주작가』로 등단. 시집『위태로운 잠』『바람의 변명』등이 있음.

김승립　1986년『외국문학』으로 등단. 시집『등외품』, 시 감상서『시여, 네게로 가마』등이 있음.

김연미　2009년『연인』으로 등단. 시집『바다 쪽으로 피는 꽃』, 산문집『비 오는 날의 오후』가 있음.

김영란　2011년《조선일보》신춘문예 당선. 시조집『꽃들의 수사』가 있음.

김영숙   2006년『시선』으로 등단.

김요아킴 2003년『시의나라』, 2010년『문학청춘』으로 등단. 시
        집『왼손잡이 투수』『그녀의 시모노세끼항』등이 있음.

김용락   1984년 시집『마침내 시인이여』출간으로 작품 활동 시
        작. 시집『기차 소리를 듣고 싶다』『산수유나무』등이 있음.

김윤숙   2000년『열린시학』으로 등단. 시집『가시낭꽃 바다』『장미
        연못』, 현대시조 100인선『봄은 집을 멀리 돌아가게 하
        고』가 있음.

김은경   2000년『실천문학』으로 등단. 시집『불량 젤리』가 있음.

김정숙   2009년《매일신문》신춘문예 시조 당선. 시집『나도바
        람꽃』이 있음.

김준태   1969년『시인』으로 등단. 시집『참깨를 털면서』『밭詩』
        등이 있음.

김진수   2007년『불교문예』시 등단. 2011년《경상일보》신춘
        문예 시조 당선,『현대시학』시조 등단. 시집『좌광우
        도』가 있음.

김진숙   2006년『제주작가』로 등단. 시집『미스킴라일락』이 있음.

김진하   2000년『녹색평론』을 통해 작품 활동 시작. 시집『산정의
        나무』『아내의 시』가 있음.

김해자 1998년『내일을 여는 작가』로 등단. 시집『무화과는 없다』『집에 가자』등이 있음.

김희운 2004년『시조시학』으로 등단.

김희정 2002년《충청일보》신춘문예 당선. 시집『백년이 지나도 소리는 여전하다』『유목의 피』등이 있음.

나종영 1981년 창작과비평 신작시집『우리들의 그리움은』을 통해 작품 활동 시작. 시집『끝끝내 너는』『나는 상처를 사랑했네』등이 있음.

문경선 2013년『정형시학』으로 등단. 시집『더 가까이』가 있음.

문동만 1994년『삶 사회 그리고 문학』으로 작품 활동 시작. 시집『그네』등이 있음.

문무병 1990년『문학과비평』으로 등단. 시집『엉겅퀴꽃』『11월엔 그냥 젖고 싶어』가 있음.

문상희 2010년『제주작가』로 등단.

문순자 1999년《농민신문》신춘문예 당선. 시조집『파랑주의보』『아슬아슬』등이 있음.

박관서 1996년『삶 사회 그리고 문학』으로 등단. 시집『철도원 일기』『기차 아래 사랑법』가 있음.

박남준 1984년 『시인』으로 등단. 시집 『박남준시선집』 『중독자』 등이 있음.

박두규 1985년 『남민시』 창립 동인으로 작품 활동 시작. 시집 『시끼꽃 편지』 『두릅나무숲, 그네』 등이 있음.

박소란 2009년 『문학수첩』으로 등단. 시집 『심장에 가까운 말』이 있음.

박찬세 2009년 『실천문학』으로 등단.

백남이 2002년 시집 『사랑은 없다, 기다리기로 하자』 발간으로 작품 활동 시작.

서안나 1990년 『문학과비평』으로 등단. 시집 『푸른 수첩을 찢다』 『립스틱발달사』가 있음.

서정원 1992년 『심상』으로 등단. 시집 『거미줄의 힘』 『관찰법』이 있음.

석연경 2013년 『시와문화』시 등단, 2015년 『시와세계』 평론 등단. 시집 『독수리의 날들』이 있음.

손세실리아 2001년 『사람의문학』을 통해 작품 활동 시작. 시집 『기차를 놓치다』 『꿈결에 시를 베다』가 있음.

송 상 2007년 시집 『애벌레는 날마다 탈출을 꿈꾼다』 발간으로 작품 활동 시작. 시집 『등기되지 않은』이 있음.

송태웅 2000년 『함께 가는 문학』으로 등단. 시집 『바람이 그린 벽화』 『파랑 또는 파란』이 있음.

신경림 1956년 『문학예술』로 등단. 시집으로 『농무』 『사진관집 이층』 등이 있음.

안상학 1988년 《중앙일보》 신춘문예 시 당선. 시집 『안동소주』 『그 사람은 돌아오고 나는 거기 없었네』 등이 있음.

안은주 2016년 〈시인광장〉으로 등단.

안현미 2001년 『문학동네』로 등단. 시집 『곰곰』 『이별의 재구성』, 『사랑은 어느날 수리된다』가 있음.

양동림 2008년 『제주작가』로 등단.

양전형 1996년 시집 『사랑은 소리가 나지 않는다』 발간으로 작품 활동 시작. 시집 『꽃도 웁니다』 『도두봉 달꽃』 등이 있음.

오광석 2014년 『문예바다』로 등단. 시집 『이계견문록』이 있음.

오승철 1981년 《동아일보》 신춘문예 당선. 시조집 『터무니 있다』 등이 있음.

오영호 1986년 『시조문학』으로 등단. 현대시조 100인선 『등신아 까불지 마라』 등이 있음.

유용주　1991년『창작과비평』으로 작품 활동 시작. 시집『가장 가벼운 짐』『크나큰 침묵』등이 있음.

유현아　2006년 전태일문학상을 수상하며 작품활동 시작. 시집『이무기 희시인, 그밖에 어리보』이 있음.

이덕규　1998년『현대시학』으로 등단. 시집『다국적 구름공장 안을 엿보다』『놈이었습니다』등이 있음.

이민숙　1998년『사람의 깊이』를 통해 작품 활동 시작. 시집『나비 그리는 여자』『동그라미, 기어이 동그랗다』등이 있음.

이상인　1992년『한국문학』으로 등단. 시집『해변주점』『툭, 건드려주었다』등이 있음.

이시영　1969년《중앙일보》신춘문예 시조 당선,『월간문학』시 등단. 시집『만월』『하동』등이 있음.

이애자　2002년『제주작가』로 등단. 시집『송악산 염소똥』등이 있음.

이은봉　1984년 시집『마침내 시인이여』를 출간하며 작품 활동 시작. 시집『내 몸에는 달이 살고 있다』『봄바람, 은여우』등이 있음.

이정록　1993년《동아일보》신춘문예 시 당선. 시집『언어의 마음』『눈에 넣어도 아프지 않은 것들의 목록』등이 있음.

이종형 2004년 『제주작가』로 등단. 시집 『꽃보다 먼저 다녀간 이름들』이 있음.

장영춘 2001년 『시조세계』로 등단. 시집 『쇠똥구리의 무단횡단』『어떤 직유』, 현대시조 100인선 『노란, 그저 노란』이 있음.

장이지 2000년 『현대문학』으로 등단. 시집 『안국동울음상점』『라플란드 우체국』 등이 있음.

정우영 1989년 『민중시』를 통해 작품 활동 시작. 시집 『마른 것들은 제 속으로 젖는다』『집이 떠나갔다』『살구꽃 그림자』 등이 있음.

정찬일 1998년 『현대문학』으로 시 등단. 2005년 《문화일보》 신춘문예 소설 당선. 시집 『죽음은 가볍다』『가시의 사회학』이 있음.

정희성 1970년 《동아일보》 신춘문예 당선. 시집 『답청』『그리운 나무』 등이 있음.

조진태 1984년 시무크지 『민중시1』을 통해 작품 활동 시작. 시집 『다시 새벽길』『희망은 왔다』가 있음.

조한일 2011년 『시조시학』으로 등단. 시집 『지느러미 남자』가 있음.

진순효 1990년 제1회 《한라일보》 신춘문예 당선.

최기종 1992년 교육문예창작회에서 작품 발표. 시집 『나무 위의 여자』 『학교에는 고래가 산다』 등이 있음.

한희정 2005년 『시조21』로 등단. 시집 『굿모닝 강아지풀』 『그래, 지금은 사랑이야』, 현대시조 100인선 『도시의 가을 한 잎』 등이 있음.

허영선 1980년 『심상』으로 등단. 시집 『추억처럼 나의 자유는』 『해녀들』 등이 있음.

허유미 2015년 『제주작가』로 등단.

현택훈 2007년 『시와정신』으로 등단. 시집 『지구 레코드』 『남방큰돌고래』가 있음.

홍경희 2003년 『제주작가』로 등단. 시집 『그리움의 원근법』이 있음.

황규관 1993년 전태일문학상 수상으로 작품 활동 시작. 시집 『철산동 우체국』 『물은 제 길을 간다』 등이 있음.

검은 돌 숨비소리

2018년 3월 23일 1판 1쇄 찍음
2018년 4월 3일 1판 1쇄 펴냄

지은이 | 신경림 외
펴낸이 | 김성규
책임편집 | 박찬세
디자인 | 조혜주

펴낸곳 | 걷는사람
주소 | 서울특별시 서대문구 거북골로154, 104동 1512호
전화 | 031-901-2602
팩스 | 031-901-2604
등록 | 2016년 11월 18일 제25100-2016-000083호

ISBN 979-11-960081-9-2 04810
ISBN 979-11-960081-0-9 (세트) 04810

* 이 책의 국립중앙도서관 출판시도서목록(CIP)은 서지정보유통지원시스템 홈페이지
  (http://www.seoji.nl.go.kr)와 국가자료공동목록시스템(http://www.nl.go.kr/kolisnet)
  에서 이용할 수 있습니다.(CIP제어번호:2018009263)